长河抱玉准格尔

准格尔旗文学艺术界联合会 ◎ 编

远方出版社

图书在版编目（CIP）数据

长河抱玉准格尔/准格尔旗文学艺术界联合会编.
——呼和浩特：远方出版社，2024.6
（准格尔精品文库）
ISBN 978-7-5555-2056-6

Ⅰ.①长… Ⅱ.①准… Ⅲ.①诗集—中国—当代 Ⅳ.①I227

中国国家版本馆CIP数据核字(2024)第097418号

长河抱玉准格尔
CHANGHEBAOYU ZHUNGEER

编　　者	准格尔旗文学艺术界联合会
封面题字	戚志敏
责任编辑	蔺　洁
封面设计	李鸣真
版式设计	王改英
出版发行	远方出版社
社　　址	呼和浩特市乌兰察布东路666号　邮编 010010
电　　话	(0471) 2236473 总编室　2236460 发行部
经　　销	新华书店
印　　刷	呼和浩特市圣堂彩印有限责任公司
开　　本	787毫米×1092毫米　1/16
字　　数	231千
印　　张	17.5
版　　次	2024年6月第1版
印　　次	2024年6月第1次印刷
标准书号	ISBN 978-7-5555-2056-6
定　　价	55.00元

如发现印装质量问题，请与出版社联系调换

编委会

主　　编：刘雅娜
副 主 编：韩淑华　辛菊红　张永飞
执行主编：周建国
成　　员：许　霞　王　玥　李　慧　刘　勇

总　序

"准格尔精品文库"总序

　　准格尔旗，本土作家的文学创作原乡。本土作家们钟情于身处黄河几字弯腹地，黄河与沙漠邂逅、与草原相伴、与长城握手、与峡谷相拥，自然之美与人文之美碰撞交融的地方。感受着源于准格尔独特条件而充分交流融合、多元复合、和谐开放的地域文化。探究着这块土地上多种文化共同构成的内涵丰富、和谐共生的地域文化特色。领略着体现出久远性、民族性、开放性、包容性、亲和性和进取性的历史文化特性。

　　一方水土养一方人，在黄河几字弯这块厚重的大地上，准格尔旗的文化传承了中华千年仁义礼智信的核心内涵和优秀传统美德。淳朴的民风，一张张热情友善的笑脸，花开时看花，情浓时喝酒，天马行空的自由，海纳百川的潇洒，格调里融汇了博爱、敦厚，豪迈自信的风骨尽显人文之盛。

　　一个地区的风情，是一代人匠心独具的灵魂传承。

　　一个地区的故事，是几辈人培根铸魂的情怀叠加。

　　这个地区，社会事业空前发展，社会治理显著改善，城乡面貌发生了显著变化，人民生活水平得到了显著提高，幸福指数屡创新高。准格尔旗人深感欣慰和自豪。

　　为了更好地介绍准格尔之美、展示准格尔之气质与内涵，准格尔旗文学艺术界联合会特整理出版"准格尔精品文库"，希望通过这套书，让更多的人了解准格尔、认识准格尔、爱上准格尔。

　　经风沐雨，砥砺前行，准格尔旗文学事业已绽盈枝之花。

　　百舸争游，击楫奋进，准格尔旗文学事业依然任重道远。

准格尔旗文学艺术界联合会
2024 年 6 月 20 日

王建中 / **黄河大峡谷**

  黄河大峡谷 – 001

  飞天的梦想　在大河里安居 – 003

  河山带砺　莫尚美于准格尔大峡谷 – 006

  包子塔 – 008

  老牛湾 – 009

  化　蝶 – 010

  故乡书 – 011

  美稷城 – 013

孙俊良 / **呼吸幸福这个词**

  呼吸幸福这个词 – 015

  要嫁就嫁给春天 – 016

  父亲的满足比月光还要明亮 – 018

  吉祥漫瀚调 – 020

  几粒青草枕着祖先的安详 – 022

  一匹老马的眺望 – 024

  谁能帮我把这朵乡愁剥出去 – 025

禾　秀 / **风景这边独好**

　　风景这边独好 - 027

赵剑华 / **同样的月光**

　　同样的月光 - 030

柳　苏 / **行走在准格尔大地的足迹**

　　油松王 - 032

　　暖水老街 - 034

　　准格尔三中 - 036

　　榆树壕 - 038

　　樊家渠岔路口 - 039

　　德胜西 - 040

　　四道柳 - 042

　　海子塔 - 044

　　柳树湾 - 045

　　大沟村 - 046

　　北山公园 - 047

山　豆 / **割荞麦的母亲**

　　割荞麦的母亲 - 049

　　准格尔民歌 - 051

　　亮着的一盏灯 - 053

　　准格尔的春天 - 055

乡音亲切而温暖我们一生 - 057

新窑湾 - 059

吕星龙 / **邂逅老牛湾**

邂逅老牛湾 - 061

矿山的清晨 - 063

梦中的布尔陶亥 - 065

李晨霞 / **想长久居住在这里**

想长久居住在这里 - 067

回归自然的绿色矿山 - 069

龙口的阳光直射进来 - 071

高原母亲 - 072

白大路　心灵的栖息地 - 074

黄河包子塔 - 076

低低的喊声 - 078

又一个清晨 - 079

显现出来的深刻 - 080

王林宝 / **麦　地**

麦　地 - 081

守　望 - 083

秀水丽城薛家湾 - 085

以　琳 / **黄河变绿的地方**

　　乾坤湾 - 087

　　老牛湾 - 088

　　古城堡 - 089

　　爱情博物馆 - 090

　　黄河变绿的地方 - 091

　　黄河几字弯 - 093

　　巴润哈岱 - 094

　　致格格书 - 095

温秀丽 / **乡　音**

　　乡　音 - 097

梁　艳 / **我在准格尔的夏天等你**

　　我在准格尔的夏天等你 - 099

　　准格尔之美 - 101

其木格 / **准格尔风韵**

　　准格尔的山 - 105

　　荷塘月色 - 106

　　荒滩变模样 - 107

　　三界碑 - 108

　　麻　花 - 109

驴肉碗托 - 110

风　铃 - 111

八月很美 - 112

桃花　无须面具 - 113

陈俊杰 / **榆树湾　梦开始的地方**

榆树湾　梦开始的地方 - 115

张圆圈 / **你要写纳日松　就不能只写纳日松**

你要写纳日松　就不能只写纳日松 - 118

王万里 / **母亲点亮了灯花**

母亲点亮了灯花 - 121

何明亮 / **依窗而眠**

依窗而眠 - 123

夏　至 / **梦　醒**

梦　醒 - 125

刘建光 / **幸　福**

幸　福 - 127

曹俊清 / **风中的表达**

  风中的表达 - 128

余　晔 / **准格尔　可曾看见过我失落的童年**

  准格尔　可曾看见过我失落的童年 - 130

王世铎 / **走进百里长川**

  走进百里长川 - 133

季　川 / **扶贫记事**

  摸　底 - 136

  帮　扶 - 137

  本　色 - 139

阿　吉 / **准格尔印记**

  布尔陶亥 - 140

  塔哈拉川 - 142

  准格尔印记 - 144

  白大路 - 147

  与大河同在 - 149

  认河为亲 - 151

  船过老牛湾 - 153

  娘与花 - 156

  海红花 - 158

海红果 - 160

路志宽 / 准格尔　世外桃源的风景
　　画境准格尔　一首醉美的生态诗 - 162
　　富美准格尔　为你写下风雅颂的诗篇 - 164
　　在准格尔的富美里安居乐业　我写下幸福 - 166
　　准格尔献诗 - 168

谢　虹 / 准格尔　此间风物最有情
　　松涛声声　暮鼓晨钟 - 170
　　准格尔人让树木上山　良田下川 - 172
　　草木石块隐姓埋名　含涩苦之甜 - 174
　　准格尔　此间风物最有情 - 175

武学敏 / 我在哪　准格尔就在哪里
　　我在哪　准格尔就在哪里 - 177

温　古 / 哈岱高勒煤矿的诗歌档案
　　创始片段 - 181
　　下班时刻 - 184
　　一口五十年前的废井 - 185
　　矿工的心 - 187
　　在窑沟煤矿 - 188
　　矿工的形象 - 189

矿工妻子 - 190

矿长日记 - 191

黑岱高勒　特大现代化露天矿 - 192

选煤场即景 - 193

电铲君临 - 194

露天矿挖掘现场 - 196

李玉荣 / **准格尔　我总是把你深情地凝望**

老牛湾 - 197

古城堡 - 198

望河楼 - 199

准格尔的杏花 - 200

游包子塔 - 202

印象莲花迆 - 203

长滩老街 - 204

在百里长川播撒下诗意的种子 - 205

山湾湾里的煤海新城 - 206

敕勒川 / **准格尔诗记**

准格尔召 - 208

暖　水 - 209

黄河百里峡 - 211

油松王 - 213

唱长调的托娅 - 215

何贵军 / **放歌准格尔**

  七律·准格尔赞歌 - 217

  七律·龙口礼赞 - 217

  七律·暖水情 - 218

  七律·放歌布尔陶亥 - 218

  七律·温情沙圪堵 - 219

  七律·赞葫芦头梁党小组 - 219

  七律·雨沐准格尔 - 220

  七律·赞包子塔古村落 - 220

  七律·夜宿黄河湾 - 221

  七律·小占行 - 221

  七律·贺准旗诗词学会成立 - 222

  七律·漫瀚情深 - 222

  七律·漫瀚春韵 - 223

苏聪丽 / **小城大美如诗画**

  小城大美如诗画 - 224

  公园春韵 - 225

  平安桥 - 226

王进明 / **尔圪壕风情度假园**

  七律·尔圪壕风情度假园 - 227

  雪花飞·元宵夜 - 228

  【南吕·金字经】元宵 - 228

连　山 / **清明节题杏花**

　　七律·清明节题杏花 – 229

李德胜 / **咏杏**

　　咏杏花 – 230

　　杏　花 – 230

　　杏花节 – 231

　　咏　杏 – 231

　　杏落有思 – 232

　　暮春随感 – 232

　　暗香　咏杏 – 233

　　临江仙·春归故乡 – 234

　　【正宫·双鸳鸯】咏杏 – 235

范新义 / **准格尔煤田**

　　准格尔煤田 – 236

　　大露天 – 236

　　选煤厂 – 237

　　水源地 – 237

　　薛家湾 – 238

　　柳青梁 – 238

王文中等 / **诗润准格尔采风之大路行**

　　观看小滩子村蟹稻田 – 239

临江仙·黄河边上看养蟹稻田 - 240

西江月·参观小滩子村黄河稻渔 - 240

小滩子村黄河稻渔 - 241

小滩子村黄河稻渔即景（新韵）- 241

小滩子村黄河稻渔（七绝二首）- 242

行香子·赏黄河稻渔 - 243

小滩子村黄河稻渔 - 244

走进小滩子村黄河稻渔 - 244

鹧鸪天·稻蟹相依 - 245

大沟村赏荷 - 246

赞大沟村荷花 - 246

大沟村赏荷 - 247

大沟村赏荷有感 - 248

感田客植荷为家翁 - 248

如梦令·大沟村荷花赞 - 249

【仙吕·后庭花】大沟村荷塘 - 249

西江月·大沟村赏荷 - 250

三乡美术颂文明 - 250

满江红·三乡美术馆 - 251

立春闹元宵 - 252

癸卯上元 - 252

元夜（二首）- 253

浣溪沙·元宵节教孙女包汤圆（中华通韵）- 254

阮郎归·元宵夜有记（中华通韵）- 254

11

满庭芳·癸卯上元诗友喜聚 - 255

青玉案·元宵节 - 256

鹧鸪天·上元吟 - 256

临江仙·元夕 - 257

元宵节 - 257

立　春 - 258

立　春（新韵）- 258

立　春 - 259

满江红·歌盛世 - 260

黄河大峡谷

河水已经清澈

白云　我藏在体内的龙骨

这葱茏之身

舒展于八月之天空

风掀开一角　我看见

大地依然在奔走

依然在隆起的山脉中做梦

我还没有放尽激情

这宇宙的血　还没有冷却

如青铜凝固

大河之梦

以一条长河的形式蕴藏在我的胸口

蓄得太久来了一场雪崩

长河抱玉准格尔

　　雪崩　是的　雪崩
　　春天不能阻止　而我欲飞
　　白云无法比翼　我骄傲
　　这是一条九州之上的巨龙
　　苍穹之下　火　青铜　石晷
　　涅槃成禹迹　随山勘伐
　　这远古的巨人之鼎
　　我的风火轮下
　　后羿玉璧怀珠
　　在嫦娥的怀里沉睡　龙珠
　　那美而好的浴出之躯
　　来啊　东方的日光之河
　　我看见太平洋的星群　北极的白光
　　正落成一瀑瀑水帘　映我龙图

长河抱玉准格尔

飞天的梦想　在大河里安居

我来描绘你云中的样子
一个俯瞰的姿势　一曲遒劲的旋律
以天山结尾　昆仑以北
都是你广袤的土地　和衣而卧
以九百六十多万平方公里留白
喜马拉雅山之上　我站在这里
这是我巨龙之母的海拔
唤起亚细亚的羊群和雪峰
以巨龙之舞向世界致辞
这自然界的法王　浓缩成一滴水
像苍天浓缩成一段峡谷　我手中
闪闪发光的一截龙骨

是的　被太阳占据

长河抱玉准格尔

和诗经　孔子　青铜　一起站成一排

诗经日出　我们日落

孔子周游　我们归家

青铜铸鼎　我们铭文

我和你　都是世界的一个符号

九州沐浴　时光在握

西上　且出入格拉丹东

以贝叶细细的龙须　俯身大地

汇流成河　越过大禹的肩头

这是诗经的源头　在苍原的时光中奔流

一根白发　是大禹掌中的一犁麦垄

我看见童年的愚公　和大禹论策

九州那么大　大禹和愚公那么小

敷土疏导　随山浚川刊木　九州作贡

一件青铜器隆出　秦公像个历史老人

举簋盛禹　秦公簋鼏宅禹迹

它精美的铭文　让我们看到了华实蔽野的九州

它流畅的线条　让我们飞天的梦想

长河抱玉准格尔

清晰可辨　在一件青铜器上

一条大河安卧　一个神仙居住

腾传入口　禹画九州

承尧舜而禅让　楚简明德

汉唐居中　世界日新月异

九天　九地　九野

仰观象于天　俯观法于地

舆图盖天　方平圆隆

四角不掩遁甲天下　大河广隅之上

这是我的中华

我的巨龙四海翻腾　安得倚天抽宝剑

把汝截为三截　龙口　龙脊　龙垂

长河抱玉准格尔

河山带砺　莫尚美于准格尔大峡谷

　　九曲奔流代表一种意志
　　信念植入时间　让奔流成为一种
　　思想和精神　在永无终止的时光
　　创造一个民族的奇迹

　　禹迹　我生命的图腾和履迹
　　让时间成为历史　让实践
　　在时间中显形为一种人类的经见
　　这是黄河　这是黄河里的中国
　　一种永不锈蚀的青铜　一条矢志不渝的圣水
　　我沐浴其中　沉淀于青铜
　　四方　四海　四隅　乃并尧舜
　　我是大禹的子孙　风雅颂
　　我是新的禹迹　周行苍穹

长河抱玉准格尔

天下　为我己任

敷土奔流到海　高下险易

天上来　不复回

九曲盘嵌　环水萦绕隆堆为州

上北下南左文右武

大河上下　铸就文明的体魄

禹贡人间九鼎成郭　触共工

山海随川　安居乐业

大地的思想史　迤逦长河

览百川之弘壮兮　莫尚美于黄河

黄河之弘壮兮　莫尚美于准格尔大峡谷

拔天一扬　东方之壮

壮我之霹雳　我的黄河　我的图腾

我青铜的体魄　我禹王的风骨

河山带砺——地球的万里飘带

白波九道　我的中华之魂

长河抱玉准格尔

包子塔

压低人间灯火　有晚钟回应
夜雨江山是我虚构的词汇
我坐北　你朝南
仿佛隔着人间风雪　高崖突兀
这黑夜难道你还有储备
仿佛一头豹子随时会跳跃出去

我看见你正若无其事地穿过我的身体
有时花开　有时阴霾
有时和我如影随形
有时也收放自如　比如此刻
我一喊冷　你就溅出几点火星
越来越不盲从　亮着一身暗色的斑纹
不屑说出人世间的任何一种凄冷

长河抱玉准格尔

老牛湾

手持杯盏　相互祝福
水草丰沛的时候没有还乡
飞鸟忘于笔端
在一颗谷粒上打开自己

古老的长城隘口
我记住了你　记住了午后的金色麦穗
周身都是叮叮当当的声音
你看　我拾了一枚银币
多像我去年送给你的扣子
锁不紧人间的风雪
还锁不住你这小小的心事

长河抱玉准格尔

化　蝶

蝴蝶飞起来　就像花朵飞起来

花朵落向花朵

这些结出阳光的词语

我用它写出诗句　爱不见影

恨不见影　云掉下了屋顶

那一排空椅子仿佛时间露出的稻谷

青蛇　蟋蟀还藏在屋后　小白兔还在偷吃月色

爱这样的人间和夜晚　饮水思源

你穿白衣　我着青衫

所为何事　皆在月光下化为烟缕

山冈起伏鸟雀低回

长河抱玉准格尔

故乡书

此起彼伏　这是我的河山

我行到云端的故乡

八百里北国　激流奔腾

我的黎明般的故土　灿烂初开

此刻　她是一朵杏花的笑靥

一朵春风的重量　一瓣露水的凝香

也是我今世的红颜　今生的知己

故乡　此刻你不是一个词　也不是一个地域

而是万物的内心　春风的眼睛

一横一纵　你是大河的昆仑

天空湛蓝　而白与红正是你磅礴的心跳

裁剪白云和彩霞　我雨水丰沛的双手

长河抱玉准格尔

富足而生动的青草春水沸腾
红白如润　我要喊出你的美丽和名字
以爱和温暖装饰　以麦子和月光转动山河
我明亮而辽阔的山水　正洇濡为一朵杏花
一个丰满的造型

去爱吧　去爱我的故乡
也爱我温暖淳朴的乡亲
娶一个准格尔女子　匡扶天下的爱情
春风失语折回一首唐诗
种我于故乡　我的杏花天　我的杏花雨
我的一纸相思　就是我璀璨的爱情书
命犯杏花　故乡如唐诗与宋词

长河抱玉准格尔

美稷城

月光高过钟楼和城墙　高过尘土和夜色
用井水洗手　也洗干净道路
以及一切裸露的细节
而我要守住最后一声更鼓
一卷刚刚打开的版图
纵然是霜寒鼓重　断壁残垣

李白的月色照了一千年　风依旧起起伏伏
有人曾在这里歇息　湳水满腔哀怨
有人喝过泉水　倾听郭伋竹马的清音
有人用泪水擦拭过一面铜镜　破碎了一颗心
是我曾经有过的历史名字

一匹狂草　一双手放开缰绳

长河抱玉准格尔

天空那么蓝　白云也擦亮歌喉

胭脂姑娘的腰肢那么柔软

苏武的苦寒破了霜声

风雪从无立场　而冷暖总是与爱情有关

这似乎也不够　一个人的气节与使命相守

瘦马西风　牧羊是另一种生命的救赎

草木汹涌　山河依旧　即使暗夜再一次吞没

你依旧在天际　依旧在古道　依旧握紧旄节

把北海嵌入一块石头　凭高望远

夕阳是你落日后的羊群

归来　归来　归去来兮

呼吸幸福这个词

午饭后阳光明亮地呼吸

老屋的墙体通透地呼吸

院里母亲种下的凤仙树娇艳地呼吸

老屋后玉米鲜嫩地呼吸

小炕上父亲体态疲惫沉重地呼吸

父亲身边小小黑花猫清浅地呼吸

黑花猫身边一只青瓷猫食碗细碎地呼吸

这么多的呼吸

呼吸出那么多的幸福

幸福这个词正在

我阅读的一本书里呼吸

长河抱玉准格尔

要嫁就嫁给春天

我写下这些诗　多么像我的孩子
和我有最亲最近的血缘关系

无论走到时间的哪个部位
只要我轻轻地咳嗽一声
她们就会高声地喊我　爸爸
我的几滴老泪就不由得落下
对于她们　那就是一场爱的小雨

我的女儿们　不能嫁给秋天
秋天虽然富足　金银财宝无数
但它是一个行将就木的糟老头

女儿啊　要嫁就嫁给春天

长河抱玉准格尔

站在山顶　轻轻地喊一声
那些你所喜欢的花
就全站在你身旁了

长河抱玉准格尔

父亲的满足比月光还要明亮

乡村的那些秋天

我和父亲在谷场碾谷打豆

月亮提着一盏灯给我们照明

金黄的谷子一颗挽着另一颗的手

月光一粒一粒地翻看着这些谷子

我闻到了谷子的清香和欢喜

闻到了月光的激动和兴奋

闻到了这些谷子要回家的急切

像岁月一样堆集在谷场中央的谷堆

让父亲的满足比月光还要明亮

父亲一边背起一袋谷子

一边念叨着　孩子　回家吧

你在外风吹雨打快半年了

长河抱玉准格尔

我是父亲的孩子
谷子也是父亲的孩子

长河抱玉准格尔

吉祥漫瀚调

带着祖先的智慧和灵感
从昨天走来　从历史走来
飞越吉祥的准格尔大地
激荡着每一个准格尔人的心灵

欢乐的舞曲　豪迈的乐章
传承着历史的丰厚与积淀
流泻着昨天的奋斗与足迹
展示着今天的辉煌与雄姿

河水润泽着每一首漫瀚调
花蕾舒展　芳香染遍
桃红小口　一动一举
都流露着风情万种

长河抱玉准格尔

流露着高贵和典雅

让人留恋　让人难忘

吉祥漫瀚调

在准格尔大地上

传唱着吉祥　奉献着精彩

带着历史的风流与祝福

飞越在这片辽阔的草原和苍茫岁月中

漫瀚调奔跑的雄姿

感染着昨天和今天

感染着日月星辰　天地轮回

感染着每一个热爱漫瀚调的人

歌唱准格尔　歌唱漫瀚调

祝福准格尔　吉祥漫瀚调

长河抱玉准格尔

几粒青草枕着祖先的安详

时间的清浅之处

祖父锄着几粒青草　数枚灰菜

一粒更小的青草　藏进了祖父的锄片里

祖父一年矮似一年

锄片一年短似一年

那年春天祖父矮得比土还矮

亲人们的泪水滴滴答答

浇活了的不是祖父　而是那一粒粒青草

祖坟上多了一抔抔黄土

一束束青草替我们守孝

在等待着祖父醒来

长河抱玉准格尔

不知是要等待祖父醒来
再锄一次它们身边的杂草和身上的疾病
还是要感谢这一抔黄土
给了它们安身之所

长河抱玉准格尔

一匹老马的眺望

那一页忧伤
被你的目光撕咬
直至嚼成春夏秋冬四页　却怎么也
翻不过忧愁这座山

太重了　我这匹老马
驮不动你的脚印和你的欢乐
你做青草的情人吧
我把绿色磨成雨露
喂给天上那一片赶路的云
让它下一场饱雨
滋润你的笑声和我的目光

长河抱玉准格尔

谁能帮我把这朵乡愁剥出去

一朵小乡愁藏在一朵大乡愁里

深夜　乡愁盛开

香味扑鼻　浩浩荡荡

不是你来　就是我去

我扯下一条夜色

为你铺好了坦荡之路

你举着星星为你制好的小旗子

不见不散　见了也得散

我是我的故乡

你是你的明月

一朵大乡愁可以生下　一朵小乡愁

一朵小乡愁可以长成　一朵大乡愁

长河抱玉准格尔

以我的功力
无法制止这些事物的转换
以乡愁的功力
把我转换成一朵不大不小的乡愁
谁能帮我
把我还原成故乡的一株青草

我将摘下那朵最大的乡愁
无偿奉献给他
乡愁如灯　照亮今晚的好时光
照亮我还乡的匆匆脚步

风景这边独好

禾 秀

风景这边独好

风起扬沙的矿区

已被松涛的苍翠所取代

四处是起伏的绿浪绵延

清风拂面　莺歌婉转

行走在这片绿意盎然的土地

怎能不让人心旷神怡

那些致力于把荒山变成绿海的人们

永远不会忘记为了恢复自然生态

而度过的一个个不眠之夜

地貌重塑　土壤重构　植被重建　景观重现

生物多样性保护与重组

这些是摆在国能准能集团面前的问题

也是摆在整个准格尔旗面前的问题

多少人因此熬白了头发

多少人因此皱纹陡增几条

多少人因此数日不能回家

苦心人　天不负

今天这满眼的绿色　这路边摇曳的格桑花

就是对他们最好的报答

而这　还远远不够

既要把矿山土地资源盘活

又要做好生态景观　把民族文化发扬光大

一想到"三个千亩"工程　就让人忍不住兴奋

一眼望不到边的杏花像雪一样开满枝头

无边无际的彩叶林迎风招展

一片又一片的果园飘香

人们观光旅游　采摘娱乐

每个人都尽享盛世的欢歌

孩子的笑声在林间穿梭　在天空回荡

让人无限憧憬不久的将来

矿山变成花园　多么大胆而美好的创想

现在正一点点实现

到龙口镇去　到麻地梁煤矿去

"智慧矿山"的理念

能化腐朽为神奇

新时代新发展正在准格尔上演

风景这边独好

来吧朋友　到准格尔来

徜徉在绿色的海洋　让风洗涤舟车的劳顿

来吧朋友　让我们一起见证那些矿山

在绿意叠嶂中变成金山银山

变成中国赶考路上的美谈

同样的月光
赵剑华

同样的月光

八十年前　我的爷爷和年少的父亲
从这片月光下走向更北的草地
这是一个家族艰苦跋涉的必经之路
每一步都与生死有关
与我的兄弟姐妹的出生有关
与我此刻的心境和文字有关

那样的年月　他们带着
饥饿　眼泪　汗水以及全部家当逃亡
左支右绌　脚下沉重
百里长川给予他们生命的滋养和头顶的光亮
如果九十岁的父亲还活在世上
我和他聊起百里长川的月光
该是怎样的活色生香

长河抱玉准格尔

从口里到口外

父亲走过的地方很多

眼里没有风景

只有生存

如今的我

走过的地方更多

眼里只有风景

行走在准格尔大地的足迹

柳 苏

油松王

把自己隐在九百多年的风雨中
雕刻出一尊油松的旷世之神

根系穿透贫瘠　越扎越深
旧痕属于流水的时光　生命力焕发
超乎寻常的年轻

点亮所有神往的眼光
无法解读这片天空的高远

一座大山的巍峨　让多少
走动的躯体失去重量

茂密枝叶间的一滴水珠

长河抱玉准格尔

于我们　也是一条深不见底的河流

在你面前　我永远是个孩子
平安中　除了规规矩矩做人
还能再说什么

长河抱玉准格尔

暖水老街

日子的秩序
排列得整整齐齐
一户挨着一户

四方风水聚集
众手铺开一张白纸
共画最美的图画

悬起的第一张招牌
依然窥得祖上的手迹
所有命名都标志着岁月

各路乡音　习俗
被揉成一团面

重新立灶蒸煮

创业的出口只有一处
三十六计　有人走了上策
留下的铁了心　杀出一条生路

街中央　一座"无言楼"
先人嘱咐　不赏落花
必读的　仅有几件文物

一晃百年　时光再经久
没长过一条街　几茬黑发变白
巷子不见老　青砖还是青砖

街面　汗水筑成　兴盛　心血写就
咀嚼中　我揭起历史的一角
拥有了一生的教科书

长河抱玉准格尔

准格尔三中

年华里一段大红大紫
怀念　镶嵌在情感深处

暖水河畔的准格尔三中
将辉煌定位于 20 世纪 70 年代

简单不过　两排教室　两排宿舍　一排办公室
应了那句名言：山不在高　有仙则名
水不在深　有龙则灵

严师传授　能耐的弟子辈出
偏乡僻壤生出教育佳篇

岁月如许　一切都成为过去

长河抱玉准格尔

今天　回归早前的静悄悄

再大的名气都是一时的
更多的时候　被时代冷落

长河抱玉准格尔

榆树壕

鄂尔多斯左翼

荒凉草地　逃难的人流

涌入暖水川　遭遇牧主驱逐

的马队　多亏那片

二十里深的榆树林

方以藏身　钻进去是一群群汉子

再出来就携家带口

生存的意念在一粒种子里安放

扎根　繁衍　比一场雨水

来得更快　到后来　民族融合

榆树林在目光里开始消退

东侧　西汉古城轮廓依见

海海漫漫一壕榆树　不剩一棵

长河抱玉准格尔

樊家渠岔路口

五十年前的樊家渠

村子不大　比村子大的是它的知名度

我要说的　是它十里外的一个岔路口

走旗赴盟　在此等车

会罢事毕　在此下车

徒步于暖水之间的三十里的路程

那段路上留下不少故事

最要命的　是我的担心——

走着　走着

影子越小　越模糊

最终　会不会变为一撮

路上的泥土

长河抱玉准格尔

德胜西

蒙古语名：安德特陶劳盖
山丘之间　曾经华丽
有史记载　树木掺杂　浅草漫地
三四十年代　一座王爷府
让它声名鹊起

这些都是过场话　要表述的
是我和它难以割舍的一份情结
辖下的苏家塔村如今被荒芜覆盖
我呱呱坠地的啼哭声在老辈们的记忆里
依然清晰可辨

我的父亲刘继兴　母亲苏月娥
拮据中　一腔希冀　将我抱养回家

长河抱玉准格尔

三人的组合　一个家庭出现

随着炊烟升腾　笑脸

每天呈露在阳光里

父亲读懂孩子　在这之前

政府委托　他和一个叫董儒林的文化人

创办了德胜西小学　他知道自己有多穷

但更觉得富有　打开一扇窗

满目都是闪烁的星星　盛开的花朵

走得再远　德胜西这块土地

和父母养育之恩　这生命的根本

我不能忘记

长河抱玉准格尔

四道柳

四道柳
也就四道柳树
实状:每隔十里
一道树的风景
何人所栽
往来年间的事情

那时
头道柳　有一处兵营
二道柳　有一座戏台
三道柳　有一间磨坊
四道柳　有一个村庄
此外　别无他物
景物都是故事

可惜　文字尚无记载

所在的川　叫犉牛川
长　宽　无论风沙　洪水
都是铺天盖地　壮观
犉牛不是一般的牛
野性非常　力大无比
一口气能冲到黄河边上
但凡听讲述的人
无不惊讶　眼睛睁得又大又圆
应验了那句老话
"越是荒凉的地方
越有意想不到的物事"
现如今　满川绿色
犉牛再没见　倒有袅袅歌声
不时穿过耳际

长河抱玉准格尔

海子塔

接触到这三个字　不由得从远古折返当今
塔在脚下　海在何处　一片淖尔亦可作为佐证
一切　在虚幻中变得苍茫　缥缈

留不住过眼烟云　难忘的经历和故事
还是裱糊在记忆浅层　豆蔻梢头的桃花　丁香　清秀
现在何处　娉娉袅袅早成僵枝

数百平方米大的文化活动室　容纳多少笑脸和歌声
解去套绳的老马终有了快乐和自由　哪一种覆盖比得上
幸福珍贵　玩玩扑克　下下象棋　也可以作画写诗

海子消失了　河也断流　可只要塔还在　土地还在
人心就不会荒芜　只是这舒心的日子里　年轻的面孔
并不多见　虽无远虑　免不了有几丝近忧

长河抱玉准格尔

柳树湾

拥有一湾柳树　让姓张的　姓王的　姓越的几家先人
活得多么踏实　在北方　没有哪个树种　比柳树
扎得根深　人望幸福树望春　念头和梢头
都想刺破自己的天空

无数彻夜不眠　多少躁动的心　终归落到机遇中
大半辈子的心操在儿子　房子上　到头来全不费工夫
你拿出积蓄　就赢得鼎力相助　一座座青砖红瓦的院落
组成现代气派的小区　水电路俱全　只等入住

愁白的头发正在返青　沉默了几十年的好嗓子
又亮起脆生生的音调　养一圈猪羊　种几亩糜黍　比陶老夫子
想象的桃源之境　还要强出几分
忽然想到作古的老支书张三用
忙碌了几十年　没能享得这福分

长河抱玉准格尔

大沟村

所有的风景
无非就是被雨打开　被风合上
我不愿意在脑海里
给它们多少过往　宁肯
去陪伴一个村庄　或一个老人
返回漫漫的沉寂中
发掘　整理
被光阴埋没的段落

站在大沟村的碑志前
遗忘了身后的荷塘秋色

北山公园

一颗心　怎样才能回归
自己的领地

迷途的不仅仅是孩子
痛惜啊　走失多年的本真和亲切

必须跳出利欲的漩涡
让疯狂　憔悴还原安分　矍铄

跟着鸟儿的鸣叫　跟着蝴蝶的翅膀
我行走于北山

当一座山高于人的杂念
就会长满摒除芜秽的树木花草

长河抱玉准格尔

  这里拒绝尘嚣　静谧缕缕
  来自水的滴响　昆虫的低吟

  禅机渗透万物之间
  寺院之外　得悟　心照不宣

  释放之门打开　母亲怀抱中
  发出微微鼾声

割荞麦的母亲

八月的荞麦地

将整个泥土亲切地覆盖

在潮涨潮落的心绪中

散发出飘满浓香的日子

布满羊儿脚印的小河

在顽皮的孩子脚下

悠悠然回家

母亲割荞麦的声音

紧挽着黄昏的臂膀

浓郁的芳香沁入鼻孔

母亲就被饱满的颗粒感动

想起荞麦是如何

长河抱玉准格尔

喂养大她瘦弱的儿子
又是怎样
在最寒冷的季节
将整个家快乐地温暖
从这个时候开始
荞麦皮就永远失眠在
母亲一生的枕下

准格尔民歌

所有的不幸
都沉淀在你的河里
背负岁月遗失的季节
飘荡在黄土高坡的风沙里
粗犷的声音中刻满沧桑

准格尔民歌
流在准格尔人的血脉里
温暖整个身体
以最简朴的方式　亲切人民
孤独的牧羊人
面朝黄土背朝天的劳作者
在婉转悠扬的歌声里
忘记了一切苦难

长河抱玉准格尔

　　准格尔可爱的妹子
　　因民歌而
　　温柔如水　大方如河
　　高粱和谷子在民歌里疯长
　　乡亲们的希望
　　也在民歌里一节节拔高

　　你可以在准格尔民歌里
　　选择任何一种朴实的生存方式
　　一些简单而美好的事物
　　都会在你的心中
　　如期而至

长河抱玉准格尔

亮着的一盏灯

喝醉了都不用问路　母亲永远为我亮着一盏灯
母亲从 301 医院的手术室出来
我贴着她的脸喊了五百次妈　才把她叫醒
一醒来　她就关心我的工作　身体　睡眠
还有那些要活下去就必须处理的琐事
亦如小时候天天关心我有没有吃饱

见识长了不少　却没有了挥斥方遒的自信
酒量丝毫不减　却没有了激扬文字的豪情
这么多年来　母亲从不问我
房子多大　车子多贵　钱够不够花
她更像一个手握偏方的老中医
发自内心地询问我的
血压　血脂　血糖　尿糖还有胆固醇

长河抱玉准格尔

　　以及一切有关疾病和衰老的讯息

　　母亲说　小时候总感觉我们长得慢
　　可现在　总感觉我们老得快
　　我说　妈妈啊　我要快快地老
　　要老到和你看起来差不多一样的老
　　然后我们一起手挽着手
　　生火　做饭　养猫　和低头不语

准格尔的春天

我总是记得一些风沙

在三月里肆无忌惮地吹

我们低头行走　辨不清方向

泥土像滚滚河流　而我们都是失群的鱼

今年　我看到了一树桃花的青春期

它们的小花朵在春风里微微颤动

想说出内心隐藏了好久的小秘密

却一直羞于表达

回来的第二天　就突然来了一场春雪

洁白得比白银还耀眼

大雪融化了桃花所有的秘密

我想为它留住一些绚烂的细节

长河抱玉准格尔

却很快消失在我犹豫的瞬间

春天比桃花还软弱
挡不住风沙　吹不散大雪
我们最大的渴望
只不过是想珍藏一段故土的花香

长河抱玉准格尔

乡音亲切而温暖我们一生

阳光照耀的村庄
春天带给我们劳作　丰收
这些普通的词汇
在季节的风口
成为最朴素的乡音
花朵般次第开放

乡音　这高原沐浴下最纯朴的语言
因来自几千年漫长的孕育
而富有活力和弹性
那些不得不背井离乡的人们
就是靠乡音供养着精神

乡音　这漫过四季的河流

长河抱玉准格尔

      在什么时候都无须做过分的修饰
      它早已切入高原人的灵魂
      比任何事物都辉煌和永恒

      乡音　阳光下晶莹的水滴
      剔透明亮像种子
      与古老的家园相伴
      亲切而温暖我们一生

长河抱玉准格尔

新窑湾

新窑湾
那么快地消失了
比爷爷去世还悲伤
比父亲离开还凄凉

黄昏的炊烟呢
草地里的黄牛呢
田野里的麻雀呢
父母的喊骂声呢
屁股上的伤疤呢

新窑湾
你沉默如夭折了孩子的女人
你冷静如埋葬了先人的坟茔

长河抱玉准格尔

    在睡梦中　我只求你驻足
    如当初　任你的春风秋雨
    吹拂我儿时的脸庞
    敲打我少年的脊梁

    可今夜　你只是一盏灯火
    亮着　我害怕
    灭了　我孤独

邂逅老牛湾

第一次遇见你

便惊呆了我的魂

望河牛　箭牌楼

刀斧绝壁下悠悠的河水

犹如你凛冽中的温婉

初衷入神

远眺　你是

遥远的金戈铁马

在此驻足洗尘

而这一湾的沉寂

默不作声

虚伪般活着

长河抱玉准格尔

倒不如像你这样咆哮

裸露的河床

洒落的　尽是奇美的誓言

山为之动容

水为之断流

恍如昨日

矿山的清晨

矿山的清晨
即使没有升起的太阳
也一样是要沸腾和燃烧
如果你用心去聆听
便会觉察到在矿山的心坎里
有无数个信奉"太阳石"的汉子
走出晨曦雾霭的灯光
用它们虔诚的心
推动历史的车轮

矿山的清晨
有他特有的气息
无论是什么样的季节
都是温热而包容

长河抱玉准格尔

矿山的清晨
是有信仰的
无论在什么样的清晨
都是幸福和喜悦的神情

长河抱玉准格尔

梦中的布尔陶亥

梦中的布尔陶亥

没有海的宽广

一样海海漫漫

没有山的雄伟

一样连绵起伏

没有森林的丰满

一样青翠茂密

梦中的布尔陶亥

波浪般层层叠叠

比汹涌的海洋更加温柔

悠然的绿色

摇曳着松涛般的娇翠

比幽深的森林更加安逸

长河抱玉准格尔

你也许赞叹海面日出的波澜万丈
你也许欣赏明月天山的雄浑豪迈
你却不曾看见布尔陶亥的日升月落
那地平线上缓缓蒸发的金色梦幻
那篝火跳跃徐徐而生的甜蜜营盘
都在梦中的布尔陶亥

梦中的布尔陶亥

多少人心中圣洁的天堂

多少人为你拨弄了音符

传唱着你的胸怀

赞颂着你的美丽

梦中的布尔陶亥

洒落着月光的青草地

呼唤着风的气息

吮吸着花草的芬芳

小河的流水声

牛羊的酣睡声

都是我心中最美的胜地

想长久居住在这里

当你从每个静谧的清晨醒来
塔哈拉川河像一条绵柔的蓝色丝绸
安静地淌着　两侧镶嵌的绿色林带
伴着无限生机向整个薛家湾扩散
参差比邻的楼房　纵横交错的马路
口袋公园　社区游园　和谐公园
南山公园　体育公园　智慧步道
这些诸多的公园　承载着鲜活以外的更多幸福
健康祥和快乐　在每个身处薛家湾人的脸上洋溢

夜幕刚刚拉开
龙王桥　乌兰桥　开源桥　准格尔桥　周家湾桥
似一条条金色的巨龙　横卧在塔哈拉川河
任由时光穿梭　任由车辆穿行
过去的河滩险坡已不复存在

这些大大小小的桥　将薛家湾贯穿
静寂的夜　你可听到河水温柔的涌动声

当一座城镇与生态文明握手之时
便拥有了超越自身的能力
荒凉贫瘠被刨开之后
通过三年　五年　十年
将科学理念　文化品位　拓展民生福祉
潜移默化注入这座城镇
他的美和繁华无法想象
像一位久经风霜的匠人　传承着某种精神
这个过程除了发展之外　还有更丰富的内涵和魅力
由此生发的安宁祥和　让人想长久地居住在这里

长河抱玉准格尔

回归自然的绿色矿山

以亚洲之最展示于晋陕蒙接壤之域
如大地的黑色脉动裸露着
曾几何时这里沟壑纵横　风蚀沙化　植被稀疏
唯有黑色的矿物质闪烁着灼人的光芒

过度与粗放在生态文明前驻足时
一种力量来源于
绿水青山就是金山银山
持续推进　加快转型
颠覆传统矿区的形象

谁曾想过
黑色矿区与绿色园林碰撞后的效应
过去的荒芜焕然一新

长河抱玉准格尔

复垦　重新将生机归还给沉陷的大地
衰败与陈旧的废矿山被赋予新的活力

而如今园林式矿山已向世人展示风采
绿色林地　瓜果飘香
万亩草场　牛羊繁衍
土地整形后一望无际的良田　收获着累累硕果

谁又曾想过
煤灰飞扬　环境恶劣的矿区会成为旅游景点
如今它撕掉"污染、破坏"的标签
一个华丽的转身　一次涅槃的重生
人与自然的和谐画面将持久显现
景观大道观光带　生态养殖区
果树种植区　设施农业区　林下休闲区

昔日隆隆的机器挖掘的荒凉和创伤
已被青山绿水　生机盎然修补
一种常态的绿色与经济共发展
正遵从自然　顺应　保护的路线前行着

长河抱玉准格尔

龙口的阳光直射进来

一层绿浪是风帆的底色
无数颗绿太阳被大地抱着
等待一次圆满的收割
赶来的全部将自己敞开
让龙口的阳光直射进来
颜色结出色彩以外的果子
黄河流出它不曾设想的平缓
此刻在眼中生出梵高的意境

不听风吟　也不看云游
露珠奔往西口远古的源头
褡裢和羊皮袄　这永不能遗落的
让我们沉湎于足迹与土地的世代相袭
那些粗糙的还是艰涩的
却要不住地长　与时俱进

长河抱玉准格尔

高原母亲

一朵朵粉白杏花　似沙圪堵的絮语
一场盛宴上的酒杯还未斟满
就随着暮色隐落远山　那些琐碎光阴
带着与她分不开的渊源
在这一路上留下些种子

冬天的土屋里
那些水样的日子　蓬头的孩子们
在一个尚未做完的梦里　长成她的青丝
"没有什么是不能给予的"
即便是脱落的牙齿　皲裂的脖颈

杏花的干枝谨守着孤独
缓慢而无声地与此刻做一次轻松重叠

长河抱玉准格尔

除了烟火和守望
掌心的茧豆和满地的花瓣
是她说出的在这世上牵肠挂肚的最好场景

长河抱玉准格尔

白大路　心灵的栖息地

　　注定　有一种气质

　　通过草尖　树梢或鸟鸣

　　穿透一条路　避开喧嚣

　　在百里长川上驻足

　　或许是另外一种相识

　　通过一杯水的润泽　方可抵达

　　多数时候　这条路敞开自己

　　展露无须擦拭的月亮和星子

　　让更多的心灵　绘制炊烟和远方

　　这里允许生长许多的翅膀

　　允许在红泥里种植孤独或诗歌

　　这里可以打开缠裹的心

长河抱玉准格尔

用一杯水解渴
此时　白大路与繁华无关
只露一张朴素的脸
迎接诗人　迎接心灵

长河抱玉准格尔

黄河包子塔

你是谁的一只眼　就睁在这乾坤湾处

蓝天　白云　石头是你的脸

重峦　沟壑　峭壁是你的身

一阵风过　你用石头

锁住光芒或昭辉

不需时钟　鸟鸣可开启白天　闭合黑夜

石囱里收着黄河拍岸的水声

如果用一种停滞打动心灵

取一瓢你眼中积淀的月光足矣

如果　想与你再亲近些　就面向东方

将身体里的庙宇打开

以寨命名就隔离了凡尘

驻守的岁月一次次圆寂

长河抱玉准格尔

有多少是可以让石头记录的
涛声里又有多少清高留驻
现在　许多未圆满的事或人
随着蜿蜒的公路
由孤寂向繁华靠近
丢下失血的石头
还有足够浪费的蓝天
慰藉从繁华匆忙而来

背对黄河和利刃横切般的岩壁
我煮一壶砖茶
加盐　加带露水的花
太阳晒暖的石头做床榻
土窑里沉睡的匠人们的工具
可否还有一些灵气存留
天空空着　包子塔也空着
我必须有朝圣者的虔诚方可领受
现在　已没有多少地方
让我有掏空自己的欲望
我看见一只松鼠
正立于对面　舔着前爪

长河抱玉准格尔

低低的喊声

水在杯子里形成一种秩序
在许多种容器中形成许多种秩序
而作为容器之一的我
如何顺应水的弧线
完成适度的咬合
成为我后半生的难度

介于高低　空满　正负之间
我用水之性情　是喊不出来的
又是一年冬季体检了
我体内的水　正在平缓地流动

长河抱玉准格尔

又一个清晨

从一条街到另一条街
寂静后的开始
气息穿过口腔　缓缓升起
匀速　与他的动作协调一致

路灯　拉长另一个影像
相互烘托着
橘黄色衣服上的反光条
总含有一些标志性的闪烁

有人经过时　他全然不知
只将一堆一堆落叶拢聚成更大一堆
此时　他更像是一位风琴手
正弹奏着曲子

长河抱玉准格尔

显现出来的深刻

被移植的苔藓
鲜绿铺满薄泥　竖起的蓬松
证明它又活了过来
当它被从檐下连同腐朽的部分
移至保鲜盒内
它在为自己铺设一条甬道

这冷静　像一个寻根之人
从废旧的村落中将
古城墙　老砖　木雕重新安置
为了留住他们雷同的忧愁
他们将彼此认作故乡

麦 地

你坦坦荡荡的胸怀
找不到我童年的印迹
那遥望星空的梦想
已无法在你的柔波里酣睡

坐在逝于风中的沙枣树下
花蝴蝶仿佛还在招手
轻轻地吹一口气
笑声　蒲公英　小蜻蜓　齐齐起飞

母亲缝在领口的那尾麦芒
已无法还给我无数次梦里的土地
这已回不去的麦田
这不同于大雪留白　飞鸿踏泥

长河抱玉准格尔

模糊的眼里已无一滴泪水
也许早已失去痛哭的权利
空空的行囊掏出一些苍白的情思
真怕被突起的阵风吹走
或被路过的乌云压碎
我无法为你建造碧丽辉煌的宫殿
只能遥举为你祝福的酒杯

一叶小舟在虚无中飘摇
把失落酿成乡愁的鸡尾酒
兑些许岁月喝下去
用一管笙箫放牧一个游子
让诗和远方在这交错的田埂上分离

守 望

煜煜的霞光晕染山冈
漫瀚之歌在沟沟峁峁上回响
隐隐约约的犬吠声中桃杏花絮絮扬扬
请走近这鲜花盛开的地方

层层波澜在大河上欢唱
浩荡流云带走了蒹葭苍苍
温暖的春天已进驻古老的村庄
请在绿水青山之间徜徉

农博馆里装满先辈逝去的风尘
每一个窗口都点燃曾经的忧伤
烫一壶老酒诉说渡口的前世今生
请见证这层层叠叠的沧桑

长河抱玉准格尔

万古千秋的黄河日夜流淌
萦绕准格尔之境千回不舍
愿她每一朵浪花都亲吻这养育我们的土地
请在篝火边翩翩起舞　尽情歌唱

不要问天下黄河几十几道弯
不要问美稷湳水的莺飞草长
不要问情梦在岁月中守望了多久
这已被春雨滋养的土地
山川青翠　岁月安详

长河抱玉准格尔

秀水丽城薛家湾

一湾秀水

拥抱一座新城

几缕霞光

在长天霁云飞韵

北山举目

碧杨新桃拥霞坡翠

眺望这流光溢彩的城市

每一盏摇曳的灯火

都载满万家温馨和甜蜜

南山齐眉

天街不夜马龙车水

掬起心襟摇动的畅想

长河抱玉准格尔

　　写下情思万般　心旌沉迷
　　日夜歌唱的塔哈拉河
　　流淌着万般锦绣
　　流淌着一个崭新的天地

黄河变绿的地方
　　　　　　以　琳

乾坤湾

再次抱紧　不让岩壁上肉身跌落

不让发髻松散

从谷底升起的落日

让我突然忘了姓氏

忘了前世的家谱

你是谁？你的怀　你的臂

在如此宽阔的水域　塔尖以外的风里

将我揽回

让这卑微如石亭里三只猴的命运

战兢于

孔子和老子的对话以外

长河抱玉准格尔

老牛湾

你依然朴素　如同凡间
只食人世烟火　亲切喊着祖辈们的名字
从水里伸出的舌头
吐着海的涛声　围在山里的居民
没有一个不被你叫出名字
古城堡　望河楼　荣泰祥　禹王庙
每一寸骨骼　都像我停泊已久的对岸
每个夜晚
都是和硕恪靖公主的守护
燃着篝火　一夜一夜

长河抱玉准格尔

古城堡

疼痛了多少年　行走了多少年
你才在此地落脚
听着黄土坡的风声　我不由得泪流满面
原谅我　这么迟才来
原谅我　不虔诚的崇拜者
如多年前遗漏在城门外的一棵草
紧贴在围墙外面
只等这风声紧迫的早晨　才肯开门
一遍又一遍询问
历史见证的声音

长河抱玉准格尔

爱情博物馆

翻遍空地　始终没找到葬我的墓穴
百里画廊的巴润哈岱
允许我凿个窟窿　寻找自己
那些花一样的影子开在背上
大雨一场接着一场
回望你屋顶燃烧的火　酷似一座山
千纸鹤上折叠的爱情宣言
一遍又一遍
让我从嫁妆里找回自己

长河抱玉准格尔

黄河变绿的地方

一条河　顺着祖先的脚踝流过

绕过明代　步入清朝

达赖　康熙　守候在侧的望河楼

烽火台

无处不在见证它的敦厚朴实

一条河　从未放弃过它与泥沙的约定

每一个蹄印　每一艘木船

都迂回着它的体温

窑洞　峡谷　乾坤湾　包子塔

没有一处

不与它连着血脉筋骨

准格尔　黄河三峡

长河抱玉准格尔

　　从苍茫到苍茫　　从绿荫到绿荫

　　榆林郡　美稷城　借隋炀帝之行

　　喜获胜州令

　　准格尔　雄鹰巨龙的象征

　　成吉思汗的战马　匈奴人的青铜器

　　深埋着它寓意里的历史

　　连接运河　借助一处福地

　　西口古渡又一回将一代人唤醒

　　河水变绿　土地变绿

　　荷塘　芦苇　脚踩河床

　　一起变绿

黄河几字弯

你以史诗长卷奔流在历史征途时
身后的马蹄沿堤坝溅起苍茫和野草的气味
我注目着眼前的辽阔
水流排成的几字顺掌纹浩浩荡荡
从巴音陶亥　呼和木独镇
吉日嘎朗图　沙日召苏木　再到万家寨
你把双臂以三角洲姿势张开
似乎要把迷失在库布其沙漠里的孩子
一个不剩地找回
喂他们水喝　给光着的脚穿上鞋子

长河抱玉准格尔

巴润哈岱

被雪清洗过的土地
始终遗留着古人足迹,依着沟壑的平川
驮着领家口的人
用心耕种着一块又一块田
隔着诗歌馆,我闻到了薰衣草的香味
多人见证的爱情
终究被谱写成了一部历史
诗行,草木
一道川与另一道川的距离
无处不在见证
巴润哈岱的苍茫神奇

长河抱玉准格尔

致格格书

从民国街巷里拾起的纽扣
至今还在
它缝在一个人胸前
紧扣在另一个人心里

光的背面
有在沙漠中饮骆驼的女子
她的睫毛上有霜
身后有西乃山上发出的火焰
她的膝下有鹰雏
怀里有口粮

午间的镜子
猛然间打破一罐水

长河抱玉准格尔

  我坐在水的另一侧

  反复考量

  如何识别同一颗纽扣的姓氏

  识别我和她

  碰裂的酒杯里

  深情无限地

  窃窃私语

乡 音

温秀丽

奔腾　我一直相信
我的祖先是带着一条河
抵达白大路　长滩村　柳树湾的
一路走　一路回首
那段艰辛的时光
从未走远

从乡间回到乡间
穿过的不过是时光的隧道
车辙深　马蹄远
这条故道传递着自己的密码

树上筛下来的风
最会辨别乡音

长河抱玉准格尔

　　他们喊自己老西儿
　　也喊我的乳名

梁 艳

我在准格尔的夏天等你

初夏的雨姗姗而来　淅淅而下

朵朵水花与青石板灵韵而奏

沉睡的街面被唤醒

燕子呢喃　寻幸花蕊

轻蹄最美的旋律

绿草带劲儿舞动着夏天的曼妙

匆匆来往的行人都在赴一个个惊喜的夏日之约

串串雨珠连接着一份份奇妙的缘分

一片雨幕拉开夏日的梦幻

拈一朵丁香花

采荷为韵

沾一滴雨水

书写　夏日之静美

长河抱玉准格尔

让真爱在诗笺里落笔生花

梦想的桥上

带着一份热情默默地行着

等待着一份不期而遇

画影婵娟　诗意回旋

红蕖绿水　天空蓝

斑斓一岁夏日美

夏天来了　我在等你

我在准格尔的夏天等你

长河抱玉准格尔

准格尔之美

大松树下捧起一抔黄土
我说　这是我的准格尔
巨合滩头掬起一朵浪花
我说　这是我的准格尔
三万五千年前的先民足迹
四千年前的城市萌芽
翻开发黄的历史
我说　这是我美丽的家

是夜幕降临的薛家湾镇
在华灯初上时的丝丝情愫
怀抱着一颗舍得付出和感恩的心
将这份细腻之情牢牢记挂在

长河抱玉准格尔

煤海明珠璀璨的万家灯火之中

准格尔之美
是粼光闪烁的黄河大峡谷
高原额头的哈达
从天上逶迤而来
徘徊在老牛湾
先是凝眸回望多情的包子塔
再从万家寨阔步昂首
将深流静水化作咆哮奔腾

准格尔之美
是喧嚣矿区的碧水蓝天
绿色发展　百强旗县
清洁能源　化工煤电
两个一百年
有矿不任性　发展靠实干

准格尔之美
是白大路七月的花海

长河抱玉准格尔

花香醉人　花开烂漫
百里花海　驻足流连

最美乡村　人与自然
定格最美的瞬间

准格尔之美
是尔圪壕嘎查八月的狂欢
布鲁呼啸而过　壮士绷紧弓弦
沙打旺依偎着蒙古包
烈日炎炎　晒红的笑脸
就是夏日里最灿烂的画面

准格尔之美
是漫瀚调在鄂尔多斯高原回荡
春种夏作　秋收冬藏
早起披着霞光　晚归伴着月亮
在这片神奇的土地上
高原大河　水乳交融
晋陕蒙交界的地方

长河抱玉准格尔

各族儿女同行同向

准格尔之美

是憨厚的笑容　　多情而善良

守好一方水土　　留住一份淳朴

双手写满感叹和骄傲

从温润的岁月里缓缓走过

新一代的年轻人

正在奉献自己的青春年华

写意静好的时光中

全力绘就砥砺前行的大美画卷

这里是全国文明城　　全国卫生城

这里是全国百强旗县　　中国艺术之乡

漫瀚调回荡在黄河峡谷

古长城见证了辉煌岁月

黄河落尽走东海

万里写入襟怀间

在这七千六百多平方千米的土地上

三十五万顽强的准格尔人

正在九曲黄河的嗓音里尽情奔流

准格尔风韵
其木格

准格尔的山

虽然不及黄山巍峨　不及华山险峻

你的轮廓　深深地烙进我的脑海

春天　像一只苏醒的狮子　悻悻然

睁开眼睛　时而仰视　时而俯视

夏天　你身披翠绿　掩映在丛林里

仿佛要把一世的尘埃全部遮盖

秋天换上金色的盛装　在鸡鸣三省点缀下

塞满了整个天空

冬天　苍鹰掠过　寒冷阻挡不了你的眉目传情

你用雪花的名义唤醒　一座山庄的沉睡

长河抱玉准格尔

荷塘月色

梦里疯长的镜头

今天变成了现实

我不想说荷花出淤泥而不染

只想说水域里那片安逸

也不想拍手叫好

只想说蔚蓝下那份真实

羁留于此

只想堵住时间的口子

让它慢下来,将它们尽收眼底

找一个空闲时间

——放逐

长河抱玉准格尔

荒滩变模样

三百亩就可以一望无际
最大的收获莫过于
荒芜百年的盐碱滩
水稻延绵
螃蟹扭动着健壮的身躯
挥舞着手臂向我们打招呼
养殖户灿烂的笑容
遮盖了脸上所有皱纹
随风摇摆的稻穗
制造着一场又一场波澜

长河抱玉准格尔

三界碑

内蒙古　山西　陕西　独处一碑

各指家乡的方向　不矛盾　不纠缠

你中有我　我中有你　各有千秋又相互映衬

你们的模样世间绝无仅有　用不同的脸颊

清晰地注明东边是陕西　南边是山西

西边是内蒙古　转眼工夫即可走过三省

你稳妥地把自己交出来　穿梭在人间烟火间

标签醒目地为人们指引着航向

长河抱玉准格尔

麻 花

一声清脆　香甜入胃

黄色的外套　裹着你娇柔的身姿

咯嘣里还有多少回味荡在周边

久久不能散去　你不是武器

却长久地俘获着我的味蕾

你不是一剂药　时常医治着我的思乡病

你不是一道名菜　闻名十里八乡

小小身躯　掀翻多少游子的胃

让他们流连忘返　即便是突围

也要试着躺在你的香酥里　继续回味

长河抱玉准格尔

驴肉碗托

来准格尔不吃几碗驴肉碗托

可以说你白来走一遭

游走他乡的故人想碗托　不丢人

想驴肉碗托　是一种病

它紧紧拴住游子们的味蕾

它是一抹乡愁

是一缕抹不去的回忆

是一味舌尖上的中国美食

也是准格尔街头巷尾的一道风景

长河抱玉准格尔

风 铃

生活就是一首叮叮当当的协奏曲

我们一直讲着故事

他人的和自己的

从这扇门讲到那扇门

从古讲到今

而我们忽略了那只

一响　就该起风的铃铛

长河抱玉准格尔

八月很美

说出这句话的时候　你的表情很模糊

树干上的知了及时纠错

风躲进墙角　任凭七月的麦浪

怎么呼喊　都不肯走出来

街面的橱窗里　贴满你失踪的告示

趁着八月未到　我围起帐篷

在尘埃里　打捞你的影子

隔壁的阿三　用那身破旧情侣衫

与我交换信息　我用七色来抒情

只留下一段白　等你回来添加

长河抱玉准格尔

桃花　无须面具

桃花儿红　杏花儿白　它们颜色
鲜明　你肯定无法开口　此刻
驳斥与你擦肩而过的风　那么　你也
无须深入骨髓地去记住一朵桃花或者
杏花的本色　我说它们　纯洁无瑕

风掠过的表情会告诉你一切
浓郁的汤药　根治三月的顽疾
掀起藤蔓　可以随便挑拣适合
自己口味的野果　反复咀嚼　直到
有了春天的味道　走出来　摘掉面具
不再怕黑　一副漫不经心的样子

渴望着　发出一些不同的声响

长河抱玉准格尔

  草原　离春天似乎还有一段距离
  紧赶夜路　真实的名字掺杂在灯光里
  从虚无到现实
  数丈高的梦里　娶回
  一朵桃花　剥离沾满春天的气息
  桃花终究不去辩白　自己的底色

陈俊杰

榆树湾　梦开始的地方

巍峨的长城在她眼前矗立

古老的黄河在她脚下流淌

长城的投影　是她金色的腰带

大河的涛声是她嘹亮的歌声

榆树湾　我魂牵梦绕的地方

石峡沟里过家家　　西圪旦上捉迷藏

三官庙前看大戏　　梁家和廊买冰糖

横渡太滩中流击水　羊肠小道历险挑煤

大榆树上掏鸟蛋　　河畔滩头逮蛐蛐

石窑排排灯火明　　疑是银河不夜城

磺炉座座生紫烟　　二氧化硫熏煞人

陈家大院地窨里　　你我相伴上学去

长河抱玉准格尔

星星火炬队旗下　红领巾比朝霞美
一回梦游榆树湾　双手搂定太子滩

我们不会忘记
老校长那布满血丝的眼睛
班主任那疲惫劳累的双腿
数学老师的循循善诱
语文老师的潇洒倜傥
园丁们播撒知识播撒爱
为了井下的工人　为了田间的老乡

我们不会忘记
麻地梁有我们的农学基地
二道沟有我们的瓷砖工厂
矿井前有我们修过的路
场面上有我们打下的粮
黄河边有我们坚实的脚印
长城下有我们寄托的希望

忘不了　在当年准格尔的土地上

长河抱玉准格尔

出现了令人瞩目的八二五学校

八二五学校哺育了我们

我们为母校放声歌唱

你是人才培养的摇篮

你是素质教育的榜样

斗转星移　世事沧桑

当年的少男少女

如今已年过半百

当年的园丁翘楚

如今已两鬓染霜

逝去的只是尘埃和岁月

不老的还是心中的梦想

你要写纳日松　就不能只写纳日松

张圆圈

你要写纳日松　就不能只写纳日松
用我久蓄的能量　背着故乡远行
再用虔诚之心　邀请近千年的油松王
有它雄伟挺拔　冠盖如云的气势和造型
前行的路上我就不会感到孤独寂寞
你再看它矗立千年　巍然独存的风骨
定是这个春天里一道最靓丽的风景

你要看阿贵庙　就不能只是步履匆匆
看惯了名山大川　再去领悟它的沟深林幽
那些原始次生林　点缀着翠柏苍松
岩壁上的石窟　隐藏在怪石嶙峋的沟底
雕刻与彩绘　同洞中的佛像孤独相伴
空灵而幽静　没有尘世的纷扰

长河抱玉准格尔

历经风雨侵蚀　无愧千年历史的瑰宝

你要写犉牛川　就要站得再高看得再远一些
小心它稍不如意　就会发牛脾气
烈日当空的某个时段　一丈高的浪头就汹涌而来
现如今它依旧是准格尔的第一大川
还是那样牛气冲天　山河葱茏
只是在绿水青山的氛围中　不再发泄和任性
奔腾不息汇入黄河　留下沃野千里的良田美景

你要写纳日松　其实大家都知道它煤炭富集
遍地的乌金　无愧于能源保供之王
默默地支撑着北方的半壁江山
你看它沟壑纵横　巨龙延伸　蕴藏着神奇的能量
每当华灯璀璨的时候　总是最先照亮城市的夜空

你要写小镇的温情　我会带着你走遍
家门前的对正洼　房后的脑畔梁
半坡上的杏花林　山沟里的桃花源
取出我们寄存在那里的童年　和成长的种种欢乐

长河抱玉准格尔

　　请出勤劳友善的爹娘　　领上聪明能干的子孙
　　邀请你临摹这一片人文与自然和谐的山水画卷
　　记录下这里的春夏秋冬　　四季美景的生态环境
　　只是我妙笔生花　　也道不尽这里的大好春光

　　你要写漫瀚调　　就要潜心研究它的基本曲调
　　先要平缓押韵　　再经过苦辣酸甜
　　直奔响彻山沟峁梁　　余音回绕
　　唱得那些有志青年归来　　抖落漂泊多年的风尘
　　姑娘也不再因赞美歌唱自己的家乡　　羞红了脸庞
　　我会站在家乡龙头山的山顶上　　高歌一曲
　　自信和欢快地唱给你们听
　　欢迎远方的亲人来到纳日松

母亲点亮了灯花

王万里

母亲点亮了灯花

窗纸上的耳朵比针眼细

刺破我的衣裳刺破皮肤

顿时感到浑身都是穴位

母亲捏着针线活

手指僵硬，针线也笨拙

灯累了，母亲用针头挑一挑灯芯

灯醒了，一阵噼噼啪啪

开成一朵花，母亲坐在灯花里

一束灯花压矮了夜色

其实母亲就是灯芯

寒风吹不灭，疲劳压不弯

母亲就是灯油

长河抱玉准格尔

  紧咬牙关熬煎自己
  为我们缝衣做鞋,整夜坐在灯下
  开着朴素的花

依窗而眠

太阳下山有些时候了
暮色一点一点在加重

现在是掌灯时分
我没有开灯。两只鸽子
卧在户外的窗台上,我担心
雪亮的灯光惊扰它们
拉窗帘惊扰它们
我偶尔的鼾声惊扰它们

我不能莽撞对待
这一种难得的信任,一晚的爱情和安宁
我依窗而眠,轻微的呼吸没有穿过窗户
惊扰相依而眠的梦境

长河抱玉准格尔

　　　　直到天亮，户外的鸽子
　　　　不知了去向
　　　　户内的我，再次
　　　　被太阳的咕咕声唤醒

梦　醒

太过于短暂
甚至还没来得及与某人遇见
夜幕就被撕开一层
罪过未开始　晨光破窗而入

记不清那团迷雾里
一颗星升起与陨落的时长
甚至无法想起
你的名字是如何从我唇齿间滑落

我们被困在城门里太久
错过了山峰云朵雨天和艳阳日

我一直在原地踱步　等待兵临城下

长河抱玉准格尔

　　劈开城门　去奔赴一场盛大的约会

　　然青丝华发　花落无声
　　看冬寒吹白柳枝　枯叶在秋风中曼舞凋落
　　听燕子刚来就计划着飞走
　　你最后的笑容消失在云层深处

刘建光

幸　福

很简单的几样东西

经你一双巧手

烹调成数碟美食

我一口一口吃着

你做的幸福

幸福原来是如此简单

又如此平凡

却被我忽视了多年

风中的表达
曹俊清

风中的表达

旷野　给空气的涌动
提供无限通道
而强势的劲头
总是带着指向性

我站在高高的沙丘
被带飞的长发和裙角
牵引为涌动的一部分

遍地的荒草也在涌动
黄色的波浪
驮着季节和日光奔跑
荒草的头颅高昂　也埋首
腰身　柔软　也坚硬

长河抱玉准格尔

它们比我　有更多涌动的技巧

一只盘旋在头顶的飞鸟
这自由的精灵
看出了我们相似的涌动
也看出了我纹丝不动
挺立的部分

准格尔 可曾看见过我失落的童年 余 晔

准格尔 可曾看见过我失落的童年

不要说这里的民歌是流俗的
不要笑这里的女子是痴情的
一曲漫瀚调 一碗腰窝酒
群山是沸腾的
泉水是滚烫的

一条大河从远古流淌到古远
一声谣曲从先人唱响到今天
陶罐瓦当历经岁月的年轮
日头从东山升起又滚落进西山
男人取水 媳妇推碾
山腰上飘荡着薄薄的炊烟

妈妈总在羊肠小路上眺望

长河抱玉准格尔

常年陪伴父亲的是四季　风和羊群

还有从不离身的镢头火镰

第一次在你二胡三弦的悠扬里醉依船轩

第一次在二妹子恋情的传说里感受缠绵

叫一声哥哥哟就会把异乡人醉倒

捧一盆酸稀粥就会把久违的乡情悟暖

准格尔　为什么在梦里

常常会看见你青春的容颜

你磅礴的黑岱沟

你繁华的薛家湾

你秀美的沙圪堵

你庄严的大树庵

你浩荡的百里峡

你暖暖的暖水泉

没有一片土地会像你这般张扬

群山是海

巨树作帆

黄河便是你胸前佩戴的飘舞彩绢

长河抱玉准格尔

　　准格尔
　　追赶着历史的车道奔跑啊
　　心海就会涌动起滚滚波澜
　　准格尔
　　喊一声你的名字啊
　　可曾看见过我失落的童年

王世铎

走进百里长川

有人说　那是一溜滩

草把根扎下　长成了树

花依偎在草丛中　沉淀

那淡淡的气味和颜色

便成了这里的风景

在那风景最靓丽的时候

商贾　侠士　骚客　一起

装点了这空灵的滩涂

有人说　那是一条路

贫穷随着无奈

男人带着妻儿踏出来的　西口路

载着命运的独轮车

无节奏地呻吟了很久

长河抱玉准格尔

　　深深浅浅的印辙

　　布满了悲壮　缠绵　思念

　　草原风　黄河浪　和着

　　谱成了多情的漫瀚乐章

　　有人说　那是一条沟

　　有狼烟染过的灰烬

　　有刀戈煮沸的浸渍

　　有马蹄声远的回荡

　　有思绪飘落后留下的苍茫

　　有月色没过脸颊赐予的亲吻

　　还有许多埋在沟里的故事

　　路边的那抹绿说

　　这是一个生命出口

　　那些摇曳的柳枝

　　突兀的田埂

　　盘桓的白云　就是

　　岁月揉碎时光留下的身影

　　坚韧　顽强　茂盛　忠实

长河抱玉准格尔

眼前的油菜花直达心灵深处
停下脚步　遥望远方
长川在延伸
生命也在延续

扶贫纪事

季 川

摸 底

摸底　就是交心

摸底　就是把贫困的阴影

摸出来　在太阳底下暴晒

疾病有时就是一座山

它能压弯你的腰杆子

劳动能力就是一个天平

失去了　就会打乱一个家庭的

收支平衡

摸底　就是想办法

看怎样把贫穷的帽子摘掉

看怎样把生活的质量提高

长河抱玉准格尔

帮　扶

帮扶　不能带虚的
不能水中捞月
帮扶　一定要石头落地
心里不再发毛

菜园不能荒芜
不能让懒惰钻了空子
要让新鲜的蔬菜长出来
有家可归
又如公鸡打鸣　母鸡下蛋
都应该各司其职
不能让每一次呼唤
都没有回音

长河抱玉准格尔

　　　　帮扶　就是鼓起勇气
　　　　扬起生活的风帆
　　　　帮扶　就是努力把贫困
　　　　彻底赶出家门

长河抱玉准格尔

本　色

一名党员就是一面旗帜

春风吹到哪

旗帜就该飘扬到哪

一次探访就是一次了解

对人民的关爱

要有声音、有图像

有实实在在的措施和保障

为人民服务这个宗旨

就是党的形象与承诺

是铁打的，也必须是雷打不动的

鄂托尔印记

阿 吉

布尔陶亥

悠扬的牧歌

飘过青青的河湾　历经战火沧桑

依然温婉优雅　落落大方

农耕文明与游牧文化　在这里交相辉映

战乱割据　阵痛拔节

往来于中原　游牧民族自由穿梭

反刍着塞外高原福地

千年的幽思化作一泓明镜

水量充沛的皇家牧场

云舞动流畅　天深邃吉祥

多罗贝勒扎那嘎尔迪

从倒劳忽洞的七座蒙古包

长河抱玉准格尔

看上了这片风水宝地

遍野的油菜花　水草丰美

想象中的稳定

代替了古老的游动

一半汉语　一半蒙古语

从来都不会语无伦次

敬酒歌　漫瀚调　两种音乐原汁原味

依旧保留着鲜活的密码　民族融合　安详宁静

草尖划动着晨曦的光芒

高原上太阳升起最早的地方

风姿绰约　染尽草原独特的颜色

岁月衣裳时尚　随着每一个季节变换花样

壮丽起伏的高原上

一架钢琴流动的旋律

穿越千百年的爱情绝唱

一直在草原的腹地不绝回响

长河抱玉准格尔

塔哈拉川
——薛家湾是这条川上的小村庄

故乡对我的诱惑　我对故乡的留恋
故乡知道　我知道　别无选择

狭窄细长的河流　五条小沟的簇拥
养育了我的父辈　滋润了我的后代
河水缓缓流过　清澈见底
找寻着祖先留下来的长长嘱托

我是河里发芽的石头
挣脱娘胎不知天高地厚的哭声
蛰伏在季节的河床　顺着每一个湍急的河道
流淌出动人的音符　弹奏出混响天成的乐章

丰年喜庆的威风锣鼓　祈雨悲壮的浩大场面

长河抱玉准格尔

河流　乡村　老屋　祖先　灵气韵味溶入其中

月光滑过山顶　散落在祖先的坟茔

清秀的村庄　始终潜伏在我无助的梦里

面对你　我的诗歌是那样的肤浅

爱恨情仇　加速旋转着记忆的裂变

高楼林立　四通八达　五桥横架南北

友谊　建设　南山　北山森林公园　满眼翠绿

霓虹灯亮彻夜空　波光摇曳

橡皮坝　景观河装扮起你时尚的尊容

绽放出西部高原超凡脱俗的精彩艳丽

任由杂草浊物　世事浮夸泛滥

浸染其间　不激不荡　从容面对

依然保持着流淌了千年的尊严

有一种力量势不可挡

流向远方　汇入黄河

流进历史长河　将真名隐匿

一条川的浪潮　不在乎是否名声在外

长河抱玉准格尔

准格尔印记

鹰的翅膀　擦着天际翱翔

衔黄河舞动的彩练

披一肩风霜　在清风冷雨中穿行

桀骜不驯犀利的眼　涅槃重生

岁月泯灭了烽火

与高原大地　芳草共存

版图上留下遗迹　割据纷争

除此之外　千年失忆

旌旗　鼙鼓　金戈铁马雄踞大漠的幽灵

剽悍　快速游动　掠夺无所顾忌

强弓拉满　夜照亮弯刀

风停了好久　大地窒息

长河抱玉准格尔

烽烟散尽　逝去的灵魂都去了另外一个
没有杀戮纷争　安静祥和的世界

色楞贝勒开明顺应　兵不血刃
率先归附大清　纳入左翼前旗
全新的你　第一次有了自己的名字
开始进入历史的视野　结束颠沛流离
虽有哀怨声音不断
但足以让外强心惊胆战
从此声名远扬　晋陕蒙北

我闻到草叶上弥漫着马奶酒的气息
透过火光　看火焰里翻腾着
那些熟悉而又模糊的脸
读着它们的荣光　锈蚀和绝望
光鲜的思想　薪火相传
再让他们逐一落座　记录在纸上

贫穷与富裕交替混搭的记忆长河
火焰像红色的闪电

长河抱玉准格尔

  捕捉着那些平淡与精彩
  心潮一波一波地向外倾泻
  影像画着年轮　又将它慢慢推散
  一轮一轮冲击　抵达高原的腹地
  又渐渐消失在草原的视野

  记忆像一把刀
  雕刻不出原来的世界
  时光　流出止不住的蛮音
  保鲜如我汹涌澎湃的血液
  一颗心正铺开辽阔的净土
  灵魂拒绝遗忘　不再用神话取暖
  瞳孔　涌出两串滚烫的诗行

  撩人的月光　醉了埋藏已久的期望
  历史的背面　我安静地守候着真实

长河抱玉准格尔

白大路

一条路与水有关　大海留在梦里

浩劫　做了一个向上的牵引

地壳　岩浆被无情地托举

一副剔净血肉的骨架

翻滚成两岸连绵不绝的雄伟

沙砾浓缩　一粒粒搁浅的眼泪

心事揣在怀里　带着纯正的乡音

脚趾上走出豆花　迁徙的先人望穿秋水

一条马蹄车轮踩踏

碾压成白色粉沫的小路

清晰的路标　通往草原的腹地

延续了中原文明的刀耕火种

抵御过无数烽火

长河抱玉准格尔

　　只有时间还在历史的风暴中战栗

　　命运的篮子　沿着一条川的源头
　　塞满花香鸟语　松涛声一浪高过一浪
　　一丛丛沙打旺鲜嫩翠绿　长势喜人
　　零零散散的锦雉在田埂上悠闲地觅食
　　百里长川又一次展开拂面的画卷
　　从一场春雨　一抔水开始
　　流成河　汇成海
　　一点一滴滋润着干燥龟裂的大地

长河抱玉准格尔

与大河同在

爱或不爱　每天都相拥入睡

肤色和血液早已融合在一起

高原独步舞蹈　给流动赋予新的生命

千万年来我就在你眼前　你就在我身边

不信可以看一下我万仞峭壁上的年轮

陪伴已成为我们最长情的告白

抚摸着几字巨型穹顶

裹风挟雨呼啸而过

蓦然回首　听见

一个声音

绿水青山就是金山银山

一定要把黄河的事情办好

长河抱玉准格尔

多少两河流域成为文明的发祥地

有的人间蒸发　有的不辞而别

你手持彩练当空舞动

天堑阻挡了多少回　强敌入侵

滋养着祖辈的血肉　灵魂和尊严

你的喜怒哀乐都被编成悲剧　喜剧

我的野性漫瀚唱腔　轮回上演

一场狂欢后　又重复着往日的平静

乡间的口彩　民族的祥瑞

早已达成默契的身份认同

那些古老文明　如数家珍的发源地

耳熟能详　血倾四野的古战场

望得见山　看得见水　记得住乡愁

一条中华民族奔腾不息的血脉

一个塞外巍峨耸立不屈的脊梁

我们同生长　我们共命运

依然能够福泽万代　广惠苍生

长河抱玉准格尔

认河为亲

河道上堆满悠扬的号子和嘹亮的民歌

纠结的思绪　一遍遍翻新

无意前去争论和追讨

浮萍的身世在执着的笔下寻根

西口的水　祖先背井离乡流下的泪

是溶解我幼稚和成熟

辉煌和耻辱的一管动脉

时间紧绷了河面　伤心的往事渐渐清晰

乡音不改　和我的心跳一起永生

我对你的身世了如指掌

脚板上长出的那粒豆花

镌刻在心中的乡愁

长河抱玉准格尔

　　　　祖辈留下都甲这个独有的生命密码
　　　　一切的一切　都会告诉你
　　　　"走西口"后人的独特记忆

　　　　如今我成熟的心智　健壮的身躯
　　　　不再怕风摆浪　浪摆船
　　　　可以装得下一次次的兴衰荣辱
　　　　其实我要的只是一种气节
　　　　独一无二的气息　神秘难测
　　　　让这段历史看起来清澈而洁净

长河抱玉准格尔

船过老牛湾

谁的一盏明灯

晃着了犁河老牛的眼

惊吓中　左冲右突

勾勒出老牛湾的雏形

浩渺的河水三面环绕

岩壁屏列　群山叠嶂

矗立在蓝天　白云　青山　碧水之中

远离喧嚣和聒噪

悬峰突兀　迂回曲折的药王洞

悬丝诊脉　千金要方

一根银针　在北魏　隋唐的历史中闪光

尝百草而终成名医

长河抱玉准格尔

耀千秋得万人敬仰

一根手指　忍着剥离的痛
直戳戳地指着　向天发问
怎样的深仇大恨
让你耸立了千万年

一截长城雄壮的腰身
插入碧波浩荡的黄河中
盘旋于沟壑峁梁
翻腾在崇山峻岭　蜿蜒向上
世界这么大　天地如此宽广
文明在燧火中升腾起谜一般的光芒

雄奇　神秘　气贯山河的包子塔
三百多度的急促旋转　也没有摆脱

片石堆砌　青砖围城的古村寨
错落有致　风韵尚存
榨油坊　小戏场　还未坍塌

长河抱玉准格尔

顽固地反抗着惨遭遗弃的命运
一堡　一寨　一关　一营
每一层环绕　都牵连出一个精神迷宫

六十多个村落　近万人的迁徙
才有今天零距离的接触
领略长城黄河巨人在这里握手
不负"天下黄河第一湾"的美誉

长河抱玉准格尔

娘与花

未曾谋面的姥爷托梦给我
娘出生的那天
麻地梁的山沟峁畔一夜之间
开满了漫天迷眼的海红花
可与娘出生的日期相互佐证
于是娘的名字就叫花

九十枚银色的海红花
把十岁的娘换做童养媳　留在准格尔大地
来不及赎罪　怀揣着温热的花瓣
开始了一去不回头的逃荒之路

海红花开的季节
常独坐在开满花朵的海红树下

长河抱玉准格尔

与每一个花瓣推心置腹

亲情与温暖　挂在枝头

一生的柔情化成万千玉瓣

倾情而开　幸福就在茂密的树冠上漫延

有娘才有家　我用花香满庭小心呵护着你

带着满身的纸笔墨香　孝悌三百千

握着你颤抖的手　相扶走过八十二年

温婉一世的路

长河抱玉准格尔

海红花

  扯开嗓子唱一曲漫翰调

  杏桃梨李　海红花应声次第开放

  风流抵不住　杏花最好色

  梨花天上雪　芬芳自清冽

  梅虽逊雪三分白　雪却输梅一段香

  红得娇艳　粉得暧昧

  海红花更接近人间的雪

  开得直接　亲切　无距离感

  从不卖弄风情　竞争绚烂

  安静不喧闹　唯美的气质超凡脱俗

  更接近准格尔女人的妩媚

  大片大片地盛开　洁白无瑕

  是歌谣　更是一帘春梦　春潮涌动

长河抱玉准格尔

不为情所动　不为冷落而烦扰

聚集贫瘠土地上所有的激情绽放

倾情奉献　装扮大地

因为成熟　才懂得含蓄

因为丰满　可以藐视高贵

禅悟了贫穷与荒芜

面对河流　山川　村庄

一群勤劳朴实的父老乡亲

开得再鲜艳也不会背弃

晋陕蒙这片平凡的土地

蜂蝶宿深枝　朝醉暮吟看不够

大音希声　简洁淡雅才是上品

无冕之王堪比旗花　循守着朴素自然

绽放出高原美妙绝伦的独特气场

长河抱玉准格尔

海红果

  白露过后天地肃杀
  把挂满果实的季节留在人间
  春华秋实　往事知多少
  除了果红树绿
  沉默的力量在大地下喷涌
  是对生命的往来呼应

  春天花簇洁白大方
  秋来果实娇羞腼腆
  粉红绿墨装点着江山美人
  质朴中透着灵气
  把准格尔风情演绎成白绿黄红

  堆盘垒摞山里红　酸酸脆脆调心火

长河抱玉准格尔

温顺的性格　纯粹的血脉

倔强的枝丫　压弯的腰身

静观山里人家一年饱含苦累的农事

长成高原山洼腹地独特的胎记

三生石畔　前世有约

初恋的情怀　一生不舍

桃李杏的娇嫩　充斥了太多的水分

海红有色而无香　生津止渴因你而起

用鲜红写下一簇簇不朽的诗篇

海红果　历史的灯盏

燃烧起一见钟情的剧情

霜后的暗红　正在历练着人生

光滑靓丽的外表　褪尽春风满面妆

不要只夸颜色好　只留清气满乾坤

驻足之处皆是直抵内心的温暖

一树海红万点红　不关酒淡与情浓

看破红尘不染愁　隐居山沟喜清幽

准格尔　世外桃源的风景

路志宽

画境准格尔　一首醉美的生态诗

走进准格尔大地　瞬间觉得目光不够用

似乎　每一次随意地触碰

都是一处诗情画意的美好　顺着目光

在你的心窝窝里汹涌澎湃

绿水青山的风景　宛如散落的画卷

被立体而唯美地　在这准格尔大地上铺展

畅游或漫步于其中的心　都是一只只自由的飞鸟儿

闲情雅致与诗情画意的美好　如同高度数的美酒

让人欲罢不能　更让人酩酊大醉

翠峰叠嶂　碧水清流　一幅自然山水的画卷

一首生态的诗篇　被这准格尔啊

用高山流水奇峰怪石与鸟语花香的意境

一一描绘　从纷繁复杂的世事中抽离出来

将自己的身心　都完完全全地交给这准格尔的画境

你会瞬间模糊　这里是真实的人间

还是梦幻里的天堂

一花一草　一山一水　一声鸟鸣　或一缕清风

都为你诠释与演绎着世外桃源般的存在

在这样诗情画意的大美山水里投资兴业或观光旅游

你都是最幸福和最幸运的人　"择一城终老"

准格尔啊　遇见你　我心甘情愿停下自己漂泊的脚步

长河抱玉准格尔

富美准格尔　为你写下风雅颂的诗篇

步入准格尔大地　你用自己的繁华富裕

和如画的风光　将我的心灵轻易俘获

无论目光是怎样地探寻

都不会让你失望　鳞次栉比的高楼大厦

与纵横捭阖的如网道路　挺拔起这准格尔的伟岸风骨

如诗如画的自然风光　充盈着这准格尔诗意的日子

当富裕与美丽　在准格尔大地上共存

这将是一个怎样的人间

你听　一声声的鸟鸣

多么宛转悠扬　一缕缕的清风里

也溢出幸福甜蜜的音符　始终坚持自己脚下的路

准格尔啊　用自己的内外兼修

擦亮自己那宜居宜业宜商宜游的金字招牌

长河抱玉准格尔

感受与感悟准格尔　你会发现
它就是岁月匆匆走过之后
用奋斗的手脚为笔　用挥洒的汗水与智慧为墨
在这准格尔大地上书写下神韵　大气磅礴风雅颂的诗篇

长河抱玉准格尔

在准格尔的富美里安居乐业　我写下幸福

　　是的　此刻那么多准格尔人的心情
　　都像是一只只归林的飞鸟儿
　　或一尾尾入水的小鱼儿
　　准格尔啊　你林立的高楼大厦多像是别样的丛林
　　你如诗如画的风景　多像是别致的碧水
　　将一颗心　安放在你的富美里
　　无论是怎样的遇见　都会是最美好而刻骨铭心的记忆

　　此刻　即使人生的道路上
　　还会有无数的风雨邂逅　也不会让人畏惧
　　能有这样的一个港湾　供心灵栖息
　　风风雨雨的经历和砥砺前行的历程
　　都是莫大的幸福　走过风风雨雨飘零的半世时光
　　遇见准格尔　我毫不犹豫地选择驻足停留

长河抱玉准格尔

在这里投资兴业　　在这里观光旅游　　抑或诗意安居
准格尔的美与魅　　都是我人生幸福篇章的诗题与词牌

长河抱玉准格尔

准格尔献诗

梦想　唤醒准格尔的每一寸土地

和每一颗心灵　春风吹拂

准格尔的人间　已是一片生机勃勃欣欣向荣

铺展开准格尔 7692 平方千米的巨大画纸

梦想的彩笔　为准格尔描绘出的是一幅斑斓的画卷

奋斗的脚步　为准格尔书写下的是一部辉煌的诗篇

绿水青山的风景　繁华富裕的魅力

让每一个在准格尔安居乐业的人

都享受着那蜂飞蝶舞般的美好时光

总是喜欢用春天修辞准格尔的人间

你看吧　一个个梦想

引领着准格尔的一次次蝶变

长河抱玉准格尔

而一次次日新月异的蝶变
又堆积起准格尔的伟岸崛起

播种下一粒粒梦想的种子
在准格尔大地上　演绎出无尽的经典传奇
凝视与品读准格尔啊
每一幕　都让人忍不住歌颂与赞美

城市复兴　乡村振兴
写下的每一个词　都是准格尔人民前进的动力
用自己的方式　继续演绎着自己的发展
将党的每一项政策　都在准格尔大地上落地生根
结出的累累硕果　就是准格尔的璀璨辉煌

带着感恩的心情　为准格尔书写下最美的诗篇
为过去的峥嵘岁月　为眼前的幸福生活
更为未来的璀璨时光
一个经济强百姓福生态美的新准格尔啊
不仅仅是鄂尔多斯的最美封面
更是为党的二十大胜利召开的献礼

崖柏尔　此间风物最有情

谢 虹

松涛声声　暮鼓晨钟

住在树上的人　头戴月牙帽
用神秘的光吹起高亢的布日也长号
粗犷的漫翰调　似千军急进
生野马　生尘雾　生苍狼　生大风

油松王在海拔 1400 米的高山上
卷动海涛　钟磬之音不绝
诉说着历史与现实的风云画卷

而现在　天空灿金
远山的暗影在夕光中起伏不定
如果一片叶子缓慢地落下来
发黄的书页里桑草和黄昏的山谷
会不会有一朵柔美的砂贝母

长河抱玉准格尔

瓣片反卷着　伸出花冠
向着虚空轻轻摇动

长河抱玉准格尔

准格尔人让树木上山　良田下川

比想象的更静寂

鸟群优雅地划过天空

远山的暗影在阳光中起伏不定

阳光抬高一寸

那些贴地的叶子和柔毛郁金香

在浅坡碎砾中起起伏伏

七山二沙一分田

稗草打眼的荒坡沙地

如今树木上山　良田下川

天空如碧玉般明澈的乡村

揽峡谷沧桑　瞰黄河变绿

鸟儿借以栖身的树冠

马群跑过的三千里草场

长河抱玉准格尔

你看啊　准格尔人让流沙止步
让长天浩荡　白云悠闲
铜铃返回的音乐　将蓝全部赶到天上去

长河抱玉准格尔

草木石块隐姓埋名　含涩苦之甜

有谁会在逆旅中准时折返
一身洁白起身相迎
甚至逆风前行
素手取杯翻动经文

牧笛变幻着松竹和雪莲的鳞片
苍老的白丝　苔藓　蘑菇
辽阔的日升之地　那些草木石块
总被不经意地涂抹　小兽含涩苦之甜
又何须选择　秘境直抵万年
这今世的异乡前世的故乡
请赐我以光芒　赐我以孤独者的勇气
在峡谷的黄丝绒　红丝绒　白丝绒上
隐姓埋名　穿过老林子与自己相遇

长河抱玉准格尔

准格尔　此间风物最有情

肆无忌惮的浩荡　砂砾滋生温暖

羚羊在林间挪动着脚步

它的心事只和辽阔的草植相关

秋风扑在水面上　花栗鼠借助神秘的光找到浆果

秋沙鸭停下来　在两株油松之间开始冥想

找一块空地　扶住疾飞的鸟鸣

溪水安静　一只飞鸟掠过

一群飞鸟渐趋安宁

路过的人爱极了这明艳的黄昏

烈焰如织的火炬树拂过尘埃

亮起来世的光芒　一次次装满风声

时间越来越近了　故土越来越近了

长河抱玉准格尔

  肉体已呈张开之势
  远远的诵经声绕过一棵又一棵油松
  在天上飞　原始次生林　召庙　王爷府
  它们和山水相接的音色
  是多么苍凉而柔软

我在哪　准格尔就在哪里

自从退休离开准格尔
不能常回去
思乡之情　沉淀心底

身在异地
每当人们问起
你是哪里人
我会骄傲地说
我来自内蒙古准格尔旗

如果有时间
对方感兴趣
我会向他们
介绍准格尔的

长河抱玉准格尔

　　美丽　魅力　潜力

　　笑容在我的脸上洋溢
　　准格尔的讯息
　　在快乐中传递
　　我感到特别欣慰

　　尽管不在准格尔旗
　　但我的心与家乡
　　紧紧连在一起
　　热爱家乡的热情
　　不会因为远离减弱消退
　　恰恰相反
　　越回不去　越惦记

　　不在一起　挥之不去
　　我把准格尔放在心里
　　我走到哪里
　　准格尔就在哪里
　　在梦里　追随

长河抱玉准格尔

于温软处　心仪

位置不是问题

远近不是距离

互联网　物联网时代

沟通快速迅即

随时随地都能在一起

传统意义上的人在哪里

已经很难解读界定

关系疏密　地域差异

越来越不是制约交流

强度频率　屏障藩篱

在不在无所谓

心在意　肯出力足矣

不要问我到哪里去

我的心依着你

我的情牵着你

我是你的一片绿叶

我的根在你的土地

长河抱玉准格尔

唱着这支歌

心海泛起层层涟漪

人在首都

心系黄河几字弯

山山水水

我笃信　我在哪里

准格尔就在哪里

我与准格尔始终在一起

准格尔与我　始终不会分离

人在远天远地

心系准格尔旗

为准格尔发展进步献计出力

我愿意　我参与　我努力

直到生命最后一息

哈岱高勒煤矿的诗歌档案

温 古

创始片段

当白垩纪的光束
触醒地球生命最初的胎动
梦幻之水，漫过了古老的大陆
所有的植物滑入深渊

当时间进入冰川期漫长的休眠
岩石蓝色的梦魇，在抽搐中弯曲

猛龙的死、翼龙的死，恐龙的死亡
始祖鸟瘪瘪的头骨撞碎在曙光中

生命的悸动中
欧亚大陆架微微颤抖
海洋倾斜了——

长河抱玉准格尔

    动物的挣扎、风的呼啸与呐喊，顿时喑哑
    岁月的焦灼和惆怅
    要忍耐妊娠期漫长孕育的痛苦

    当东方古大陆架弓起背脊
    太行山、贺兰山、横断山脉徐徐隆起龙骨

    似乎从阴山的积雪、贺兰山扭曲的岩床上
    听到了扁角鹿的呼唤

    在神话抵达人类的耳廓前
    黎明的光已率先抵达了这片大陆

    亿万斯年
    矿脉的梦魇，等待着殷殷的雷声来开启
    那是造物主留给我们的宝藏
    又一亿年过去，是该打开的时候啦
    但原初的开启是笨拙的
    铁镐的敲打，如鸡雏啄破晨梦的卵壳
    黑暗中的历程如此艰难

长河抱玉准格尔

漆黑的井壁上,粗陋的工具上
祖先们的手都一一留下
老茧和斑斑血迹

长河抱玉准格尔

下班时刻

凝重，威武。当他们
从矿井里走出
一列行动的雕塑挺进着

那工衣的折痕和脸上的轮廓
呈现铸铁的坚硬和岩石的光泽

黑、灰，冷的色调
都在注释一个词
坚毅，是有棱角的

阳光的精神
任时间都无法打磨

长河抱玉准格尔

一口五十年前的废井

没有任何东西能稀释这黑色
除了痛，伴随着时间的淡忘

当瓦斯将黑暗提升到
白日的高度
我们的朝阳是鲜血
岁月的河，漫过瓦砾

历史总是醒着的
不肯闭上惊诧的眸子
压瘪的月亮，也不肯复原
但爱，总是想修复
将墓碑修复成里程碑

长河抱玉准格尔

　　泪，仅仅用作墨水
　　为了写备忘录，加入了盐

　　一口废井的深
　　超过悲剧能承受的尺度

长河抱玉准格尔

矿工的心

展示一种爱埋得多深
需用大地的厚
岩石的坚，夜无尽的黑来衬托

还不够，需要加一亿年的尘埃
两亿年的等待
几万吨重的恨堆积
才够一次爆发的能量
如果不信，请下到矿井的深处
听矿工给你说

长河抱玉准格尔

在窑沟煤矿

我们下到黑夜的底层
就是挖掘,继续挖掘

取出掩埋的时光、暖
岩石骨头里的火苗
取出森林集体被埋没的命运

最后取出了煤的鲜血
——火苗抖动的舌头

而炉膛里的灰
如几代人堆积的白发

长河抱玉准格尔

矿工的形象

有一种高度
只能对比,而不能换算

比如喜马拉雅山顶的积雪
炉膛里燃尽的灰,比如老矿工的白发

只有沧桑知道
只有经过漫长的熬煎,高度的燃烧知道

再加上亿万年的沉埋
站在大地的最深处
才能说出,矿工的海拔

长河抱玉准格尔

矿工妻子

有一千句话,说给黑着脸的石头
你从井下上来,我的心才能落地

阳光打扫的天空
也会有塌方的时候

现在炉膛里,柔软的火苗在抖动
都是你说给我的,一千句话

句句烧心
石头般沉重

长河抱玉准格尔

矿长日记

这用辽阔铺开的大地

用光芒撑起的天空

亘古以来,用石头垒起的山岳

用高大、神圣都够不上赞美你的形象

怎么于一次矿难中

在家属的心头就全部坍塌啦

如何面对你呢

每一天的曙日,对于她

都是一双流泪的眼睛

一颗滴血的心脏

长河抱玉准格尔

黑岱高勒　特大现代化露天矿

没有人的世界
恐龙猛犸有钢铁的秩序

它蓝色的严肃，与黑脸的煤保持一致
而它橙色的兴奋，将内心的火苗克制了

当电铲的长臂抱起一座山岳
那巨型卡车的轮胎，轧进了白垩纪

不要问我这是哪里
大地的仓库里
为千万颗大大小小的太阳配送粮食

长河抱玉准格尔

选煤场即景

九个毛煤仓背后,天空倾斜
395B 电铲在午休
蓝色的钢铁长臂,如凝冻的岩石

现在时间的海被端平
擦肩而过的太阳
避开了 324 吨雷车

现在寂静是一面镜子
神用它凝视着世界

长河抱玉准格尔

电铲君临

铁臂探过云层
金属指甲抠紧岩石，一块一块地撕裂

我感到那种力
绷紧、强壮、刚劲、威猛，震慑着
逼近咻咻后退的煤海

在它撕裂地幔的时刻
我撕裂了自己
将灵魂剥离，放在了炉膛里

它跳跃、鲜活，轻盈地
带着一团火的光亮舞蹈、呼啸
而后面的躯体

长河抱玉准格尔

煤渣一样,随古老的井架轰然倒塌了

盔甲高车徐徐隆起,君临大地
黑海静穆无声,浪涌粼粼铺展

长河抱玉准格尔

露天矿挖掘现场

八个产品仓挺着肚子升起
一座山正在下沉

吊斗铲从云端伸过长臂
一座山沉入黑色的薮渊

寂静是最深的水
望洋兴叹——
凌晨的恒星，正在熬受时间之冷
当电铲巨臂捞起
一座沉溺的星球时

轰响的雷车，拐过了银河的弯道
挡风玻璃上的云，雪片般滑落

> 准格尔　我总是把
> 你深情地凝望
> 　　　　　　　李玉荣

老牛湾

停留在一处院落　夕阳走进了炊烟

用一支画笔牵出灯火

我的脊背有了温柔的手掌

再近一些　酒里有了蓝色的旋律

掌心相抵　不留一丝缝隙

连星辰也不惧烟火

不会随意落下灰尘

冬暖夏凉愿意被你包裹

一夜又一夜　我用木棍

挑出灰烬里的星辰

月亮不说出河流深藏的云烟

长河抱玉准格尔

古城堡

轻叩木板门　荒草缩了下身子
只有树还在屋前守候
从春天走到秋天　步态从容
不被理解的部分
那些固定的姿势
从古战场延续下来
烽火台　望河楼　古长城
而逐渐削薄的身子
在秋天的院落里闪了下影儿
落在了石磨　石碾上
等谁来凭吊渐次荒芜的日月

长河抱玉准格尔

望河楼

晨光跑过河道
走向一座碑
听到一段喑哑的弦音
有人说起的　你不回应
你把过往说给红柳听
也说给丝棉木听
而一些鸟鸣总会失去方向
误以为守护你的
是另一个人　它们
在你的阴影下
提上竹篮去河堤下打水
有人模仿脚印　有人演示花朵的形状
唯有我踩着一块石片
仿佛踩住了一个人的衣襟
不知所措

长河抱玉准格尔

准格尔的杏花

  杏花满山遍野　昭告人间
  她的白胜过所有的白
  从体内散发的香
  吸引父老乡亲　也招徕
  过往游客

  凝视眼前的一朵花
  从宏大的叙事回到个体
  被蜜蜂扎过的蕊　一片一片
  即将脱落的花瓣
  有无法掩饰的美丽与哀愁

  说到果实　说到酸甜

长河抱玉准格尔

有更多的杏仁露走出了家门
杏树林一次又一次
活出了它自己的模样
向日葵　油菜花　薰衣草　格桑花
正一路芬芳　引来四方宾客

长河抱玉准格尔

游包子塔

雾中观太极湾　靠近浮桥

走过玻璃栈道

听河水和风共鸣

意外的一只北红尾鸲雄鸟

在枝头上和我打招呼　这并不寻常

按下快门的瞬间　河水泛绿

一叶小舟经过

一个不合时宜的老者

江海寄余生的尾音飘过耳畔

引诱我驻步于石窑民宿门前　并无人来迎我

且在榆树旁歇歇脚　和杏花李花聊聊天

四月清明　青石板路上多有响声

印象莲花汕

一只素手　不小心打翻了颜料
有了莲花汕的明丽
红莲倾身而来
大地上的绿色和蓝天
囿于画框　记忆隐现一行人
驱车前往鸡鸣三省之地
经过大口小占人家
和一条河的通道
初春的桃花铺满小径　几双眼
落在了一棵桃树上
后来咫尺天涯　迷失西口古渡
再无人拉纤　渡河
有缘人在桃符上画结
传说中莲花有了禅意

长河抱玉准格尔

长滩老街

  古旧的老街　正被寂静围困
  "走西口"的商队已杳无踪迹
  过正觉寺　烈士塔　吊桥
  聆听风声　烽火台的背影里
  已不见当日的金戈铁马
  有谁见证过当日蔓延的大火
  和谁死里逃生隐姓埋名

  赵家大院朱红的大门外
  两棵百年的桑葚挨在一起
  草绿草黄从泥浆里拔出　滋润日子
  福荫子孙　好时光说来就来了
  看那一张张笑脸　一双双手
  正在绘制新蓝图

长河抱玉准格尔

在百里长川播撒下诗意的种子

百里长川一座四合院内

固守着清寂与萧瑟的六旬老人

以一杯水的绿色牵系了南方和北方

而那些手握巨椽写下内心情怀的诗人

早早拥抱了白大路　长滩　柳树湾和巴润哈岱

在诗歌的园地　我们幸运地拥有了一座灯塔

它是师长的目光　望出去的山峰

让更多种植美好的人聚拢在此

如果我爱　就在巴润哈岱的鸟鸣里

让文字在这里生根发芽

长河抱玉准格尔

山湾湾里的煤海新城

公路和楼群淹没了我曾走过的北山土坡路
塔拉塔川河上的浮桥
与一个人的笑容有关
曾住过的平房去了哪里
让我从一棵老榆树找起
从给姥爷看过病的旧医院找起
或者是从父亲住过的职工公寓找起
荒岭野沟　还有你说过的赶交流会场
怎么会幻化出如此多的霓虹灯

二十多年以后
新地图覆盖了旧地图
城乡网络已被标上了不同的颜色
薛家湾小镇披挂上阵

长河抱玉准格尔

被隆重介绍
第二十一颗明珠被喻为煤海新城
不如从火车的鸣笛声找起
一切的缘起与去向就会明了

站在南山上　我听见身体
一次次被风鼓翼
鸟瞰准格尔大地
绿色环绕　一条河蜿蜒绵亘
河水变得清又绿
一扇扇窗户里
关心着草木枯荣　也关心煤炭走势
去往矿区的路上
煤车早已替换了老牛拉炭
司机们夜以继日地赶路
矿工们一边挖坑　一边复垦
绿色矿区引来了更多的关注目光

准格尔诗记
敕勒川

准格尔召

我是一个没有故乡的人　却执意
走在返乡的路上　仿佛那漂泊的灵魂
一直走在绝望的希望中
请允许我带着这风尘仆仆的道路
请允许我带着我和这个世界的疼和痛
请允许我说：我一直都坚持不住……
仿佛大地坚持不住一座庙宇的庄严

仿佛天空坚持不住一颗星星的明亮
仿佛一盏酥油灯坚持不住一缕风的轻
站在雄伟的殿堂里　我忽然明白
比鄂尔多斯高原还高的不是这庙宇　是人的心
当抑扬顿挫的诵经声响起　我相信
身体到达不了的地方　灵魂
也无法到达

长河抱玉准格尔

暖　水

你说它是一条河也行　说它是一眼泉水也行

作为一条河　它有着自己的方向

作为一个源头　它有着自己的秘密

清澈就不用说了　甘甜

也不用说了　我只想说说

它流过我心里时的缠绵

我还想说说

它流过那些水草时的仔细与认真

流过那些人家时的

安静与坦然

在一座山脚下

我一再地捧起一条河

仔细地辨认着那些

长河抱玉准格尔

  依然闪着光的古老品质
  直到多年以后
  一条河还在我的身体里流淌着
  暖暖地
  细水长流

长河抱玉准格尔

黄河百里峡

黄河万里　我独爱这百里峡

我不能一里一里地爱

我要一米一米地爱　如果可以

我甚至要一厘米一厘米地爱

从一滴水爱上一条河

从一棵草爱上一片草原

从一块石头爱上一座山

现在　我小心翼翼地滑行在你的波光里

两岸的山像排列整齐的士兵　雄赳赳气昂昂地

向我涌来

可我不是那个威严的检阅者　我只是

一个诗人　带着一颗安宁的心

和一个永恒的梦

长河抱玉准格尔

可是黄河　除了带给你几朵浪花
除了我张大嘴的惊叹　我还能带给你什么
甚至我写下的这些文字　远不如
山崖上那一棵瘦弱的小树长出的绿叶
生动　珍贵　自信
哦　多么忧伤　当我离开时
仿佛一滴
离家出走的水

长河抱玉准格尔

油松王

如此说来　这是一个奇迹
众山如海　一棵树
是高高的帆

时光的风吹着　一百年一百年地吹着
把一棵树　吹成了
神的样子

看着树上系着的红布条　我沉默不语
轻轻地把手放到树干上　我要摸摸
神的心跳

那绿　那茂盛　那庄严
如此说来　所谓神　就是

长河抱玉准格尔

时光回到了故乡　就是
一个生命超越了自己

一阵风过去　我知道　那是一棵树
对我说了什么　而我
一直沉默着

站在一棵活了九百多年的树前　一个人
还有什么可说的　还能
说出什么

像这棵树　从来没有说过
自己　是神

长河抱玉准格尔

唱长调的托娅

你一下子就攫住了我的心
用那古老的歌声和你的青春
你小小的心　怎么能撑起
一片草原的忧伤与沧桑

你站在那里　有草原的辽阔与美
你的眼睛　是一条河的源头
你的目光是今夜的日出
你的双手在空中缓缓抚过　抚过

我的心　我怎么能忍住
一片大海的澎湃
那么多人被你的歌声感动
鼓掌　呼喊　只有我

长河抱玉准格尔

　　默默地沿着你的歌声走去

　　看到了你灵魂　那纯粹的蔚蓝
　　敬酒的时候　我甚至闻到了你身上
　　草原的气息　醉是因为酒
　　大醉　是因为你

　　从此啊　对于我　准格尔
　　只是一个名叫托娅的女子
　　唱出的一缕长长的颤音
　　哦　多么想成为那一首古老的歌谣　就那样
　　被你一直唱下去
　　唱下去　唱下去

放歌准格尔

何贵军

七律·准格尔赞歌

风光小镇几多春，锦上华灯美奂轮。
碧水一湾添彩韵，煤田两座铸忠魂。
工农政策丹心润，党政思维赤焰洵。
厚载恩承人气壮，抒言仗义换乾坤。

七律·龙口礼赞

风云胜地树雄风，堑谷穷途今日腾。
坝底伏龙隔水断，船舷聚首裂山逢。
前滩后碛传说久，旧貌新颜曲赋成。
盛世华章思众意，瓜甜枣脆款亲朋。

长河抱玉准格尔

七律·暖水情

亘古流长碧水泉，砒砂地貌叹哀怜。
移迁出去人心暖，生态回归地表还。
果杏群山欣绽放，虫鸡密谷喜哗喧。
扶贫政策碑书撰，携手城乡注目观。

七律·放歌布尔陶亥

百年贝府慰苍天，百姓一心漫瀚联。
理性规模畜牧链，科学设计种植圈。
截流蓄水功德潜，固土防沙任务艰。
朴素民风增伟念，担当励治谱新篇。

七律·温情沙圪堵

政策春潮润旧都,科学理政显公仆。
舒心畅饮高原露,把脉深谋破旧屋。
地毯久荣百二目,陶瓷国礼万千赎。
循环产业低能耗,跨越思维细品读。

七律·赞葫芦头梁党小组

煤都党史溯开端,赤焰春晖火种传。
漫卷旌旗思胜地,高擎臂膀忆源泉。
清明盛世刀锋启,正义时局利剑悬。
举手承接先辈业,奋勇担当热血捐。

长河抱玉准格尔

七律·雨沐准格尔

漫瀚之乡草复苏，幽然润物洗尘浮。
烟波浩渺抒诗意，雾霭迷蒙入画图。
历尽冰霜终蓄力，经由雪雨更茁株。
骄阳破晓开天际，万里鹏程振臂呼。

七律·赞包子塔古村落

石村聚落傍黄河，浪渡飞舟对酒歌。
驭马翻腾瞻古道，驱车转蜿慕今辙。
清幽雅径高低错，静谧怡宅上下格。
我自陶然寻往事，心归舍里一群鹅。

长河抱玉准格尔

七律·夜宿黄河湾

夜宿黄河几字弯,潺源泻下未遮拦。
繁星点缀棋盘定,墨玉盈余舞带旋。
蓄水截流欣净界,沉舟放电醉浑元。
人皆喜大功春色,可有怜鱼逆跃攀。

七律·小占行

黄河儿女谱宏篇,小占今昔话眼前。
晋陕寻根思古渡,池台悟道觅凡间。
鸡鸣三省四方客,礼赞一隅八路贤。
尽挑高檐初探月,更深把酒对无眠。

长河抱玉准格尔

七律·贺准旗诗词学会成立

文人墨客本轻狂，意气直抒不举张。
律令今规无礼尚，遗风古训有弘扬。
君临盛境愁孤状，客在清渊喜自芳。
秀美山河弹序曲，激情振荡破春光。

七律·漫瀚情深

漫瀚情真百姓耕，音合晋陕乐俗成。
长腔碎语循梁意，短调闲言煮酒声。
异曲同歌风搅雪，联词对唱蔓缠藤。
欣逢盛世享甘雨，润化心灵自始萌。

七律·漫瀚春韵

漫瀚春花几处栽,群芳舞曳尽抒怀。
情深百姓交流往,兴致宫商比赋来。
眼面直言酥锦缎,心声曲径绕楼台。
非遗浩海多颜色,碧野奇葩吐艳开。

苏聪丽

小城大美如诗画

煤海明珠照小城,
长河荡漾两山中。
成畦草木街边绿,
散种花丛路口红。
重墨浓描七彩夜,
星光点亮万家灯。
人行有序约斑马,
车道成规横纵通。

长河抱玉准格尔

公园春韵

杏苑桃园落后梅,
新花绽放也增辉。
东西漫漫如云海,
南北连连似雪堆。
玉树林间春意醉,
青丝木下美人归。
家城大美如诗画,
四季如春幸福随。

长河抱玉准格尔

平安桥

铁马孪兄闹市中,
通南坐北对西东。
登楼顺就观街景,
过路何须等绿灯。
昔见宸游春复道,
今闻众走日横空。
平安自古同天大,
方便出行不可轻。

尔圪壕风情度假园

王进明

七律·尔圪壕风情度假园

沙洲涌翠现平湖,碧水浮舟入画图。

栈道横穿明镜里,泉声暗隐绿屏隅。

神工造物开花径,妙手含灵筑酒垆。

大漠听涛心枕月,苇丛深处小姑苏。

长河抱玉准格尔

雪花飞·元宵夜

冰魄长随玉树,梅香暗染琼英。松影轻描夜色,风咏春声。茅屋离愁吐,柴扉旧梦萦。炉上新醅笑语,落雪含情。

【南吕·金字经】元宵

灯火明千院,管弦惊九天。礼炮声声动地喧,牵,客心夙梦圆。家乡变,一腔情欲燃。

清明节题杏花

连 山

七律·清明节题杏花

款款春风扑面撩,雨红更觉媚同娇。

榆树壕围人十万,杏花林饮酒千瓢。

何如醉眼三更月,隐约西坡一孔窑。

泉下有知怜小杜,当初恐负牧童遥。

咏杏

李德胜

咏杏花

南山一带春初到,便有霞烟起峪前。
道白非真红亦粉,风吹雪落碾香鲜。

杏　花

如浪千山烟火色,风吹春雪漫川前。
青霞处处埋忠骨,香粉盘旋上九天。

长河抱玉准格尔

杏花节

春风愿做杏花媒,锦衣云屏入梦来。
吹雪随心从福路,欢歌声里蜕红开。

咏　杏

肉未丰时骨自成,春花夏果叶秋橙。
离枝落地香依旧,苦尽甘来济众生。

长河抱玉准格尔

杏落有思

老枝挑杏浸黄红，落地微香院自空。
三十年前风味在，诚留骨肉伴相终。

暮春随感

影落坡前疑是雪，苑中不见葬花人。
谁怜憔悴香消去，多少梅颜尽送春。

长河抱玉准格尔

暗香　咏杏

饱经寒息，又几番冷雨，夜长孤寂。
独有玉人，不畏清寒与贫瘠。
点点苞红渐绽，梅桃颜、画廊神笔。
无怨悔、绚烂银花，香冷漫瑶席。

故国，见绝色。陌上起烟霞，吹雪时积。
素颜易泣，珠绿无言自相忆。
待到红黄缀果，千树压、摘攀凋碧。
献甘肉、开核骨，杏仁露得。

长河抱玉准格尔

临江仙·春归故乡

陌上青烟初起处,春风漫剪洋槐。

桃红落尽杏花开。

屋前松柏翠,房后嫩杨栽。

月下俯身寻旧路,村西墙垒掩埋。

坝边红柳叶新裁。

黄河传浪语,欲见故人来。

【正宫·双鸳鸯】咏杏

旧坡前,草纤纤;不待梨开自绽先。

吹雪春风时入梦,恍惚琴瑟伴天仙。

范新义

准格尔煤田

来去匆匆十年间，小镇一改旧容颜。
云涌山喧河无语，万众共织不夜天。

大露天

黄尘万丈炮声隆，疑是攻占摩天岭。
挥臂巨铲百吨车，尽是今朝新愚公。

长河抱玉准格尔

选煤厂

吞云吐雾选高精,千米玉带地对空。
楼台电脑成网络,遥控新生太阳城。

水源地

壁立千仞一线天,夹缝黄河勇争先。
几树杨柳绿两岸,沉淀历史开新篇。

长河抱玉准格尔

薛家湾

荒山秃岭薛家湾,突兀广厦千万间。
忧民杜老今何在?看我矿工尽欢颜。

柳青梁

柳青梁上草色新,大河岸边喜鹊鸣。
山道湾湾向源头,黄水淙淙奔煤城。

观看小滩子村蟹稻田

王文中

久慕蟹稻田，专访黄河边。
沙滩长亩绿，纵横成陌阡。
田中水澄澈，螃蟹正闲闲。
田中有栈道，玻璃桥空悬。
田中种大字，峻笔意拳拳。
田中耸高塔，登顶探蓝天。
一望青禾壮，氤氲起翠烟。
再望平畴阔，塞上米粮川。
水产无公害，稻米最新鲜。
一水能多用，一田写多篇。
看罢久伫立，又是丰稔年。

长河抱玉准格尔

临江仙·黄河边上看养蟹稻田

王文中

万里黄河骀荡,凌空铁道横驰。长滩花木正葳蕤。锦塍栽水稻,水底蟹熙熙。

踏上玻璃栈道,登高引望新奇。青禾成片接天垂。田中排大字,振兴正逢时。

西江月·参观小滩子村黄河稻渔

许俊鲜

百亩禾田绘彩,一条栈道悬空。产粮渔业两相融,借缕春风筑梦。

情系苍茫大地,心牵纯朴乡农。四方来客赞无穷,还说征途任重。

小滩子村黄河稻渔

苏彩霞

依时相约水云间，共赏新荷稻黍闲。
碧柳摇风遮客路，金鳞戏浪跃芦湾。
险观眼底波千顷，来托空中栈一环。
更有华厅漫瀚调，歌声已越九重山！

小滩子村黄河稻渔即景（新韵）

张新文

铁轨悬浮似彩虹，白云绚美绘仙宫。
玻璃栈道奇观伟，木塔高台视角宏。
沃野推波鱼蟹泳，禾田种画稻花丰。
平畴立体依科技，塞上江南建富功。

长河抱玉准格尔

小滩子村黄河稻渔（七绝二首）

韩彩霞

（一）

风抚平畴嫩叶翩，登临转角满眸鲜。

稻秧插出丹青画，绘就乡村振兴篇。

（二）

水润良畴翻锦浪，斑斓画卷美空前。

玻璃栈道藏奇境，鱼蟹争肥满稻田。

行香子·赏黄河稻渔

韩彩霞

盐碱披霜,科技开荒。群联手,共谱华章。稻渔种养,农业观光。赏水中田、田中画、画中秧。

山河秀美,鱼米鲜香。承天巧,阔步康庄。一村出锦,四海名扬。赞地多用、水多产、土多方。

长河抱玉准格尔

小滩子村黄河稻渔

白亚莉

把袂轻车汗漫游，青苍疏影彻望收。
云开碧落随人意，寻得边城一境幽。

走进小滩子村黄河稻渔

秦秀莲

放眼平畴碧浪长，棕黄镶嵌字成行。
堤头柳绿鸟声脆，地畔花红彩蝶翔。
蟹肥美，稻生香，田园丰产意飞扬。
丽山秀水准格尔，栈道游人入画廊。

鹧鸪天·稻蟹相依

李雨明

玉带蜿蜒通九州,拱形湾里育春秋。食为生计近民乐,情寄蓝图远客游。

稻渔和,蟹虾酬,相依风雨绘中流。丰收再奏邀宾曲,文企同怀任意谋。

长河抱玉准格尔

大沟村赏荷

王文中

大沟村里有荷塘，百亩湖波泛嫩凉。
叶展团团生翠彩，花开灼灼看红芳。
凭栏已是三分醉，近水犹添一缕香。
难得娇姿移北地，深林邃谷傍沙梁。

赞大沟村荷花

张新文

叶荡荷莲粉墨羞，江南胜景大沟留。
缘由孝子移花木，父母门前赛旅游。

大沟村赏荷

苏彩霞

一川翠叶半沧池,千亩荷花灿若诗。
未忍黄莺鸣雅曲,即从弯月觅新词。
闲情总向大沟忆,香韵当从碧波追。
为览桃源新胜境,清眸凝处夕阳迟。

长河抱玉准格尔

大沟村赏荷有感

许俊鲜

为谁观赏为谁栽,故事听来最暖怀。
始觉佳朋今日到,一池菡萏竞相开。

感田客植荷为家翁

白亚莉

塞北缘何翠盖盈,荷风十里碧烟清。
倚栏看尽香浮水,只为椿萱一笑生。

如梦令·大沟村荷花赞

韩彩霞

荷荡鱼塘潇洒,胜似天仙优雅。朵朵爱心藏,许你清凉一夏。如画,如画,水墨丹青惊诧。

【仙吕·后庭花】大沟村荷塘

王进明

祥云绕昊天,香风拂丽颜。鱼戏红蕖下,人游碧水边。老榆前,频频拍照,芳容羞煞莲。

长河抱玉准格尔

西江月·大沟村赏荷

张　玲

杨柳横斜弄影,荷花摇曳生香。一池翠粉送清凉,顿觉心怡神旷。

故事听来密绪,佳人语罢柔肠。门前菡萏孝爹娘,值得时人敬仰。

三乡美术颂文明

张新文

农耕古韵绘新章,墨洒乡间润肺香。
饱蘸情思描故土,文明化茧入心房。

满江红·三乡美术馆

王进明

大美新村,繁花炽、蜂鸣蝶舞。抬眼望、草青天碧,燕翩莺语。远客凝神频驻足,竞相回首停留处。墨香逸、书画叙桑麻,吟乡土。

农家梦,曾几度。情不改,心如故。赞民风展馆,饱含今古。千里黄河书雅韵,百年荒漠开芳序。方寸间、妙笔写春秋,光辉赋。

长河抱玉准格尔

立春闹元宵

李万春

六九开春喜气连,煦阳送暖子规翩。
娇梅绽放千山秀,残雪消融万岭妍。
焰火雷鸣开艳景,烟花斗彩贺新年。
秧歌社戏迷人眼,遍地灯红映彩联。

癸卯上元

苏彩霞

焰火腾空又一年,长街十里彩灯悬。
高天炫目落花雨,爆竹掀潮上紫烟。
缱绻春来新雪尽,参差人涌蜡梅鲜。
凭栏仰望楼头月,梦在今宵分外圆。

元夜（二首）

吴艳萍

（一）

悠悠八面风，煤海一林红。
天上人间境，瞻看皓月空。

（二）

皎皎上元月，团团一大家。
情斟福禄满，漾漾酒飞花。

长河抱玉准格尔

浣溪沙·元宵节教孙女包汤圆（中华通韵）

张丽荣

黏糯些些小手团，三番几次又三番。一颗更比一颗圆。
多彩耐观黄绿紫，佳肴待品软滑甜。笑声不断灶台前。

阮郎归·元宵夜有记（中华通韵）

张丽荣

灯笼红透雪连天。心随明月圆。汤团黏糯碗中旋，萦香分外甜。

语轻絮，酒频干。不禁忆旧年。谁言聚散古难全，更闻爆仗喧。

满庭芳·癸卯上元诗友喜聚

李德胜

残雪依然,长河凌冻,酒楼暖意融融。元宵喜聚,多有旧相逢。连载毒阳肆虐,今宵尽、日曜坪东。凭台舞,风姿展处,漠上显飞鸿。

看银花火树,年光流转,霾散残冬。漫留得,樽前古韵梅风。收却丰歌满载,豪情付、清酒杯中。更期待,新春微雨,香袖拂千红。

长河抱玉准格尔

青玉案·元宵节

王进明

烟花爆竹明琼宇。九天外、飞星雨。夹道霓虹盈火树。画楼林立，彩旗飘舞。彻夜喧锣鼓。

柳腰杏眼秧歌女。鹤骨霜须旱船父。满面春风娇媚步。欢声雷动，游人云聚。同把良宵渡。

鹧鸪天·上元吟

张秀萍

凭眺千花半巷妍，遥瞧百舸一街环。猢狲嬉戏驱魑魅，八戒欢颜望凤仙。

夜增色，昼斑斓。领航掌舵旌麾天。眸前璀璨堪收尽？霄汉嫦娥又凯旋。

长河抱玉准格尔

临江仙·元夕

梦 洋

彩灯彻夜天街亮,人海漫过香车。九重花碎落通衢,焰光犹放火龙图。

谜语不知谁中彩,舞狮来影冰壶。龙门阵里步逶迤,老杆相触忆当初。

元宵节

张秀萍

既龀争看花果仙,香车宝马载丰年。
龙腾盛世无眠夜,玉漏孙儿不肯还。

长河抱玉准格尔

立 春

李万春

一元复始开新宇,凤舞龙腾喜贺春。
杜宇开喉歌雅韵,雄鹰展翅戏流云。
小河解冻波涛啸,大野还温丽鸟吟。
紫塞风和迎丽日,山青水碧壮乾坤。

立春(新韵)

曹永伦

丽日悄悄化玉凌,春潮阵阵戏寒风。
南坡溪水轻轻唱,似唤农家早备耕。

长河抱玉准格尔

立 春

王进明

塞上春声起，乾坤沐暖风。
河开云水秀，日出雪霜融。
枯柳枝浮绿，夭桃蕊泛红。
犁期新雨后，人醉画图中。

长河抱玉准格尔

满江红·歌盛世

张 玲

盛世中华,耀寰宇,胸中称快。忆往昔,一声呐喊,九州澎湃。岁月滔滔催后进,沧桑巨变山河改。绘蓝图,科技助腾飞,真光彩。

车如水,桥如带。粮丰裕,民安泰。心齐扶社稷,威名扬外。友好邦交同发展,和平共处长相待。放眼看,举国日蒸蒸,谁能耐。